SHIZI
HONG LE

欧 伟——著

柿子红了

春风文艺出版社
·沈阳·

图书在版编目（CIP）数据

柿子红了 / 欧伟著 . -- 沈阳：春风文艺出版社，
2024.10.-- ISBN 978 - 7 - 5313 - 6811 - 3

Ⅰ . I227

中国国家版本馆 CIP 数据核字第 2024AK3826 号

春风文艺出版社出版发行

沈阳市和平区十一纬路25号　邮编：110003

辽宁新华印务有限公司印刷

责任编辑：周珊伊	责任校对：赵丹彤
封面设计：鼎籍设计 姜鹤	幅面尺寸：130mm × 203mm
字　　数：165千字	印　　张：10
版　　次：2024年10月第1版	印　　次：2024年10月第1次
书　　号：ISBN 978-7-5313-6811-3	
定　　价：69.00元	

序

记不清那是哪一年，自己心血来潮，写下了平生以来的第一首诗。其实，我只是采用了诗歌的表达方式，运用了简洁的短句，在偶数句上，尤其是结束句的最后选择了相同的韵母，让短句读起来能够满足情绪的起伏变化，听起来有诗歌的感觉。这就是我第一次写诗的经历。参加工作后鲜有机会再舞文弄墨，主要的文字功夫大都放在了公文的请示和调研报告方面。自己最引以为傲的文字成果是每年自己会在省市，甚至是全国的专业报刊上发表一些学术论文，就市场和行业发展中的一些热点、难点问题发表自己的看法，在业界的影响力也随着个人职务的变化和专业文章数量的增加而不断地提高。但是，从内心讲，我还是比较热爱文学的，尤其是诗歌和散文这两种文学形式，非常符合我的情感表达方式，相对于比较呆板乏味的论文来说，那些文学作品显然更具吸引力。直到我临近退休，工作的压力没有那么直接了，闲暇的时间逐渐多了起来，这时，除了大量阅读外，我开始着手拿起笔尝试自己的诗歌创作，越写越有感觉，且一发而不可收。

诗歌是人类情绪表达的一种产物，也是一个人对外部世界认识和感知的客观反映。也许是随着自己年龄的变化，加上自身境遇的变化，我的情感开始从专注于经营管理、市场发展等方面逐步转向如何看待过去，如何面对未来，以及如何看待周围的人和事件对自己的影响。由于关注的主体变了，我的视野也随之发生了改变。这时，大量的来自内心深处的东西喷涌而出，成为我创作的素材和动力。在几年的时间里，我陆陆续续写了几百首各类体裁的诗歌，有自己的所见所闻，有身边发生的各类事件，也有对自己经历的回顾。这些作品仅在有限的朋友圈中传阅，没有多少通过媒体对外发表过。

即便是这种状况，我的内心也是愉悦的。每当我就一个专题完成一篇诗作的时候，就会非常兴奋地发到自己的朋友圈，等待着他们的点评。无论他们是赞美或是批评，我都从内心里感到一种快慰，这是他们对我劳动成果的一种承认，是我们对于这些问题的看法和观点的交流与碰撞。诗歌给我提供了一种表达情感的渠道，多了一个让大家深度了解我的情感世界和是非判断力的交流平台。在这一过程中，我曾得到许多老领导、老同事、老同学以及亲戚和朋友的赞誉和认可，其中不乏来自思想上的引领、文学艺术上的点拨和文学创作源泉的给予。这些都极大地鼓舞了我持续创作的热情，不仅丰富了我退休后的生活，也让我明白了什么是有品质的生活，懂得了如何才能使自己的余生更加有价值。

经过这几年的努力，虽然没能按照自己原先的设想去外边世界走走看看，但是这特殊的时期，也让自己多了些冷静，多了些思考，留下了许多深思后的感悟。这是我打算把这些作品整理出来呈现给大家的直接原因，也是我向大家汇报这五年退休生活的一份详细报告。让大家通过这些作品了解我这几年在做些什么、思考什么，以求得大家能够在思想指引、生活品质改善方面给予指点。尤其是对于作品的写作手法、表达方式等方面，需做哪些完善和改进，还望能得到一些具体的、直接的赐教。

我原本想诚邀一位名人来帮助自己写诗集的序，一来可以从作品整体质量上把一下关，二来可以借助名人的效应提高一下自己诗集的含金量。但是由于我长期在金融领域工作，与文学艺术这方面不搭界，在这一领域积累的人脉很少，又担心由于自己的作品太过一般，弄不好会影响了名人的声誉，所以我索性决定自己来完成这部诗集的序言，实话实说，文责自负。说句心里话，在文学创作这方面，我还是一个新手，第一次出版诗集，主要的目的是学习，我的作品不可避免地会存在这样或那样的错误和瑕疵，恳请各位读者能够不吝赐教，本人将不胜感激。

欧　伟

2023年3月30日于大连

目　录

第一章　成长心路

第二章　家庭亲情

第三章　爱情纪念

第六章　山水情怀

第一章

成长心路

告　别

记得人生的第一次告别是在童年，

几个要好的小伙伴离园时难舍难离。

约好以后要常来家里玩，

一起踢球玩游戏。

还要共同过生日，

吃蛋糕唱那生日歌曲。

告别了小床和桌椅，

告别了秋千和滑梯，

告别了天真烂漫，

告别了无忧无虑。

记忆中第一次难忘的告别是小学三年级，

一个同桌三年的女孩儿要举家搬到外地，

不知道为什么会那么不舍，

两座城市意味着从此分离。

你不是要与我在学习上争高低吗？

你走了我争第一有啥意义？

告别了童真，

告别了好奇，

告别了学习上的伙伴，

告别了平生第一次的默契。

印象中最伤感的告别是考学去外地，

第一次出远门，

车下的爸妈千言万语，

车上的自己百感交集。

好男儿志在四方，

参天大树必须经风历雨。

告别了故乡，

告别了亲人，

告别了无担当的生活，

告别了曾经的舒适安逸。

平生最矛盾的告别是新婚之际，

半是兴奋半是忧虑。

迎娶自己心爱的姑娘为妻，

独立成家苦乐自知。

婚姻意味着独立，

离家标志着全新生活的开启。

告别了父母，

告别了姐弟，

告别了没有压力的生活，

告别了面对困难时你曾选择的逃避。

最悲凉的告别是亲人的故去，

从此阴阳两个天地。

曾经的关爱和养育，

曾经的嘱托与惦记，

告别不再是时间上的一朝一夕，

相聚的快乐永远尘封于记忆里。

告别无休止的牵挂，

告别了那些本该回报的给予，

告别了你最愿倾诉的倾听者，

告别了可以与你共同分享的悲喜。

告别是人生的一种常态，

有相聚必定有别离，

有些告别是人生的一次进步，

有些告别是社会文明变革的必需。

勇于告别或许是新目标的确立，

无奈的告别也许并非最坏的结局。

学会告别，

适应别离，

不在分别时相拥哭泣，

而选择相聚时彼此勉励。

送走黑夜迎来一轮新日，

告别寒冬迎来春光艳丽。

告别中创造出人生的价值，

告别中体验生命的意义。

在不断的修行中完成生长，

在反复的锤炼中经受洗礼。

在告别中享受生活的美好，

在告别中将真爱传递。

2016.5.29　北京

美丽地老去

我曾为渐渐地变老而忧伤，
嫌身姿不够挺拔步履蹒跚，
我曾为渐渐地老去而不自信，
出个门不知穿哪件衣服顺眼。

我曾为渐渐地老去而自责，
明明是想取双筷子却转身拿来一个碗。
为渐渐地老去而担忧，
孩子们和家里事谁来管？

我曾为渐渐地老去而规划未来，
海内外转转别留下什么遗憾。
为渐渐地老去设计自己的晚年，
是居家还是去养老院？

我也为渐渐地变老而欣慰，
自己的一生平凡坦然，
我为渐渐地变老而释然，
家虽不富裕但身体还算康健。

我为渐渐地老去而骄傲，
知足让自己从容度过每一天。
我为渐渐地老去而感悟，
美丽地老去其实并不太难。

其实白发也有它自己的诠释，
那是一种阅历的呈现。
人生只有到了这个年龄才会有这种自信，
积累到如此程度才会有这等尊严。
能够如此美丽地老去还有啥抱怨？
爱我所爱，
愿我所愿。

2016.11.15　北京

期　盼

儿时盼着过年，

身穿新衣嘴里糖甜。

少年盼着长大，

浪迹天涯啥也不怕。

青年盼着进步，

天赐一个好媳妇。

成家盼着有后，

祖上香火有人守护。

上班盼着多挣钱，

完成男人必然的责任。

年长盼着退休，

趁着腿脚利索四处走走。

年老盼着身体健康，

独立自主心安体壮。

百年盼能安详，

笑别众生入天堂。

期盼是盏灯，

引导自己照亮人生。

期盼是条路，

认准了就永不停步。

期盼是一种生活状态，

承担责任奉献真爱。

2016.12.12　北京

生命的漂泊

你属于那片土地，
山也熟悉、
水也熟悉。
浓浓的乡音，
坚定的步履，
不论你身在何处，
你的背景有高山秀水的印迹，
不管你是少年还是鹤发银须。

你属于那个群体，
成功也是你，
失落也是你。
遵循着内在的规律，
可以接受失败，
但绝不轻言放弃。

你的追求完全可以感知，

无论是选择奔跑还是暂避。

你就是你，

认准了就一直走下去，

哪怕看不到收益。

只要心还在跳动，

生命就会像火一样燃烧，

生生不息，

记录生命一次次的漂泊，

留下凡人的轨迹。

2017.5.5 厦门机场

河南情怀

虽说这里不是故乡，

但我太熟悉这里的山山水水，

虽然这里没有亲戚，

但常常有人让我惦记。

记不住走过了多少个村镇，

数不清尝过了多少种美味。

伏牛山的苍松古柏，

宝天曼的花香蝶飞。

二七广场的繁华，

郑东新区的壮美。

洛阳牡丹的艳丽，

焦作云台山的青山绿水。

听不够的豫剧，

忘不了西华胡辣汤的味儿。

人生能有几个八年？

青春曾在这里潇洒一回。

汗水换来的是自信，

探索增长的是智慧。

河南啊，心中的荣耀；

中原大地啊，心中的无悔。

黄河，请记住我的牵挂，

嵩山，请留下我的敬畏，

如果未来有机会，

你是否还能如约相陪？

如果我再回来，

你是否还能像当初的少年，

不醉不归……

2017.6.6　郑州

生活是首歌

假如你是一颗沙砾，

假如你是一束花朵，

假如你是一座高山，

假如你是一条小河。

沙砾有它自己的分量，

花朵有它绽放时的姿色，

高山展示它的巍峨，

小河讲述它的清澈。

生活因多元而美好，

人的价值不限于他的社会角色，

只要热爱生活，

人人可以创造劳动成果。

生活如同一首歌，

总有一首属于你或我，

别在意别人的生活过得如何，

你的快乐自己选择。

勤奋是生活的基石，

知足是获得快乐的原则，

努力做好自己的事，

认真唱好自己的歌。

生活就是一首歌，

几行歌词一段诉说，

我们都是历史长河的一个过客，

你最大的成功就是健康快乐地活着。

2018.4.21　北京

石河，青春的记忆

金州有个石河，

一个普普通通的辽南小镇，

四十多年前那次人口的迁徙，

留下了我一生的记忆。

历史发展阶段的一种就业安排，

当时社会矛盾的腾挪转移，

广大学子无条件地结束了自己的学历教育，

上山下乡来到被称为再教育的广阔天地。

不足二十岁的年龄，

第一次离家投身一个陌生的集体，

家庭背景上的差别，

内心的承受力因人而异。

有从未劳动过的娇小姐，

有条件优越的高干子弟，

有从小摔打成长的职工子女，
也有个别混迹江湖的小地痞。

处理好人际关系是生存的必修课，
能干有为是被人认可的前提，
时间拉近了彼此间的距离，
命运将大家凝聚在一起。
第一次赶着驴车去三十里堡，
第一次杀猪自己试着剥皮，
第一次请女生帮忙洗被套，
第一次偷偷给男生织毛衣。

农场有农场的快乐，
集体生活有太多的奇闻逸事，
曾经的点点滴滴，
仍是今天美好的回忆。
我们忘不了石河农场，
因为那里有过我们青春的足迹，
我们怀念过去，
因为那段经历奠定了我们成长的根基。

今天我们以石河农场的名义相聚，

是让青春之歌能够再次响起，

今天我们再聊当年知青的话题，

是表达对那段历史的一份敬意。

向我们曾经的青春问好，

不负韶华的姐妹兄弟，

让我们一同去拥抱未来吧，

共享发展只争朝夕。

                    2020.11.9 大连

重阳节的感悟

小时候重阳节离我们很遥远，

因为它与吃无关。

上学时对这个节日也并不在意，

只知道这个节日关乎老年。

长大了明白了这个节日的意义，

向父母及长辈送去礼物和祝愿。

如今再遇重阳节内心如此纠结，

转眼间我们成了这个节日的主演。

重阳节的内涵始终没有改变，

改变的只是时光和我们的容颜。

能为父母祝福那是值得骄傲的事，

能有儿女惦念那是一种温暖。

从内心深处感恩父母的关爱和付出，

记住为今天打拼的前辈和先贤。

九九重阳又一年，

记录下每个人的昨日和今天。

人生能有多少个重阳节可以期盼，

只缘看不够这盛世秋色的浪漫……

2018.10.17　大连

人与人之间

我喜欢与有修养的人为友，

交往中给你无法言说的享受。

成长的启迪，

值得反复回味的交流。

我喜欢与真诚的人为友，

是非曲直他一语点透。

阳光般的性格，

从不放弃对于真理的追求。

我喜欢与善良的人为友，

信任奠定了彼此关系的基础。

助人为乐成为习惯，

有求必应是他内心的坚守。

我喜欢与睿智的人为友，

因为他的人生似乎没有忧愁。

独特的思维和行事的执着，

任何困难都绑不住他求索的双手。

我喜欢与勤奋的人为友，

从他身上你总能发现天道酬勤的缘由。

永远行走在进取的道路上，

留下自信的微笑和不懈的节奏。

我喜欢与天下人为友，

因为任何人都有可能胜你一筹。

只要人前肯于低头，

何惧他日不能昂首。

2018.11.14　上海

喜欢就是理由

我喜欢沙漠，

我喜欢草原，

我喜欢大海，

我喜欢高山。

喜欢就是喜欢，

没有理由拒绝它们对你的震撼。

我喜欢沙漠的苍凉，

我喜欢草原的浩瀚，

我喜欢大海的包容，

我喜欢高山的壮观。

喜欢就是喜欢，

人生多么需要与伟大相伴。

我喜欢昨日，

我喜欢今天，

我喜欢未来，

我喜欢遥远。

喜欢就是喜欢，

从未知走向求索的圣坛。

喜欢是一种诱惑，

喜欢是一种体验，

喜欢不需要任何理由，

喜欢让人无悔无怨。

打开人生喜欢的大门，

迎接认知不断变化的挑战。

2018.9.25　北京

生命的钟摆

生命像个钟摆，

看似简单，

摆来摆去记录时光的消散。

摆来春光明媚，

摆去冬日严寒，

摆过的日子一去不复还。

生命像个钟摆，

看似平凡，

在摆动中述说生命的诗篇。

摆动是千百个机缘的巧合，

停止只是某个因素触发的必然，

生命是动与静的博弈和推演。

生命像个钟摆，

看似在重复，

却谱写着精彩和悲欢。

在摆动中创造出价值，

在重复中把各种变化呈现，

完成一个生命的进化和循环。

生命像个钟摆，

看似普通，

但谁会知道这摆动明天是否依然？

摆动时会让生命充满希望，

停摆时会记录下生命庄严的瞬间，

生命将以另一种姿态迎接未知的冷暖。

生命像一个钟摆，

摆动中展现人世间的恶善，

唯有真爱是维系时间的源泉。

在摆动中收获生命的意义，

在摆动时留下自己人生的感叹，

不曾懊悔，不留遗憾。

2019.7.28　大连

当不适成为常态

身体总会有点小恙，

自我调节成为家常便饭，

起初还有些自责，

抱怨为何这么早就如此这般。

渐渐习惯了只听不说，

多了些平静少了欢颜，

没有了往日的好奇，

倾听成了交流中的首选。

购买的情趣少了许多，

不再去刻意修饰打扮，

怎么舒适就怎么穿，

不再接受那新潮的耀眼。

沟通的欲望趋于平淡，

朋友圈里很少冒泡发言，

聚会能推就推掉吧，

独处也会得到意想不到的快感。

当不适成为常态，

生活中自然多了些不便，

人生不再像是正午的太阳，

日子或许并不那么灿烂。

不适总会在余生中出现，

病痛也将与你长期相伴，

不是接受不接受，

哪个人能躲过这一烦？

学会与不适和平共处，

调好心理摆脱病魔的纠缠，

别让它坏了过日子的心情，

即使有缺憾的人生也令人留恋。

人的一生就是不断地去适应，

在适应中寻求突破和改变，

在变化中维持一种平衡，

无论这种平衡是长是短。

2020.4.9　大连

老房子的记忆

一个城市的印记，

或许是由一些街巷来呈现，

一段历史的记忆，

或许是由一些老建筑来讲述和保存。

忘不了那些老房子，

其实是忘不了童年的时光，

忘不了熟悉的老街道，

其实是留恋自己逝去的青春。

今天的高楼虽然鳞次栉比，

但是缺了当初住大院时的感情，

如今的人们都很高大上，

但是相互间总感觉缺乏一种信任。

如今的社会高度发达，

但是每天少不了残酷的纷争。

今天的人们殷实富有，

但是很难找到曾经的厚道和单纯。

老房子将会越来越少，

我们记忆中的城市印象会越来越淡，

我们怀念那些伴随我们成长的老房子，

我们更珍惜过去彼此间的真情。

老房子将留在我们的记忆中，

心中的那份情将伴随我们终老，

讲好一个城市的故事，

记录下美好的人生光景。

2020.4.20　大连

致敬，曾经的劳动者

劳动节话劳动，

说说作为劳动者的自己。

不论你曾在哪个行业，

不论你曾是哪个层级，

相信你有过起早贪黑，

相信你从未放弃过努力。

有病也不肯请假，

攻坚克难总会有你，

领导眼里的骨干，

同事公认的老积极。

奋斗不是为了一官半职，

努力也不是为了利益，

做人必须要有尊严，

让人信得着瞧得起。

作为劳动者，

要将事业和家庭一肩挑起，

做一个称职的父母，

榜样的力量最有说服力。

营造一个温馨的家庭，

完成一个劳动者应有的经历。

这是一个劳动者的使命，

这是一个劳动者的荣誉。

为自己鼓一次掌吧，

向曾经的付出敬礼！

今天你的主题是健康幸福，

唯一的任务就是照顾好自己，

努力吧，曾经的劳动者，

快乐吧，退了休的你。

2020.5.1　大连

又见儿童节

总有一支歌让你想起童年，

天真烂漫快乐的每一天。

总有一个玩具让你记住童年，

手中的宝贝未来的志愿。

总有一件服饰让你怀念童年，

爱美其实是热爱生活的开端。

总有一个发小让你珍惜童年，

真诚待人一生未曾改变。

总有一件事让你感激童年，

做一个正直的人要付出一生的实践。

总有一种经历让你懂得童年，

品尝过多少苦涩，收获多少甘甜。

总有某一个时刻让你追忆童年，

童年虽已走远但怎能放弃浪漫？

总有一天我们不再年轻，

但是童年的美好会永留心间。

2020.6.1　大连

感　恩

中国人不过感恩节，

不是国人不懂感恩，

一个深知感恩的民族，

岂能仅仅用一个节日来表示。

我们感谢自然，

赐予我们阳光和空气，

我们感谢父母，

给了我们生命和辛勤的养育。

感谢我们的祖国，

你的强大让国民扬眉吐气，

感谢我们的民族，

你的进步让我们在世人的眼里顶天立地。

感谢生命中的每次相遇，

让我们得到信任和尊重，

感谢曾经的挫折与磨砺，

让我们学会了图强自立。

感谢智者的每每给予，

感恩贤者的次次助力，

感谢对手的顽强，

感恩队友的不离不弃。

常怀感恩之心，

积蓄不竭的进取动力，

深藏感恩之情，

拥抱明日希望的晨曦。

2020.11.26　大连

又是一年

又是一年，

无论你赶还是不赶，

时光就在那里，

不近不远。

又是一年，

无论你愿还是不愿，

日子就在那里，

不增不减。

又是一年，

无论你安还是不安，

事情就在那里，

不悲不欢。

又是一年，

无论你认为是长还是短，

路就在那里，

不窄不宽。

又是一年，

无论你盼还是不盼，

年就在那里，

不少不添。

又是一年，

尤论你算还是不算，

快乐就在那里，

不疾不缓。

2020.11.27　大连

回望少年

也许是因为如今少了些好奇，
也许是因为如今多了些怀念，
找不出几支让自己心动的曲子，
选不出哪件让自己中意的衣衫。
可是我禁不住时常回头，
回望自己的少年。
是想找回自己青春的样子，
还是羡慕当年那个无忧的少年？
阳光灿烂的样子，
勇往直前的率性和简单，
爱自己的所爱，
担自己的应担。
回望少年，
是对那段美好时光的眷恋；
回望少年，

是为曾经的幼稚而感到遗憾；

回望少年，

是为岁月的沧桑巨变而感叹；

回望少年，

是为自己曾经的努力而庆幸与心安。

谁没有过少年？

哪个人没有过令人流泪的怀念？

美好的东西总是那么的短暂，

似乎只有靠回味才能再一次将激情点燃。

再见了，青涩；

再见了，少年。

怀念它，是因为它给你留下过美好，

怀念它，是因为它一去不复还。

回望曾经，

回望少年。

2020.11.30　大连

当六十岁来临

当六十岁来临，

不管你喜欢或不喜欢，

它都悄然而至，

没有任何办法去改变。

当六十岁来临，

不管你曾经风光或者平凡，

它都成为过去，

丝毫不影响告别舞台的时间。

当六十岁来临，

不管你曾有过多大的抱负，

此时你会发现它并不那么重要，

不过是些许的遗憾。

当六十岁来临，

不管未来的路是长是短，

使其更加充实快乐，

是余生的关键。

当六十岁来临，

不管你是勤是懒，

保持生活的节奏感，

是构建幸福生活的要件。

当六十岁来临，

不管你是否有能力，

别再置业，不再攒钱，

健康快乐是此生最有意义的实践。

2021.1.30　上海

幸福（过元宵节）

小的时候，

每当吃饭时看到菜里有肉，

每当过生日时能吃上个煮鸡蛋，

每当过年时能有双新鞋，

我感到真幸福。

上学的时候，

每当发言时得到老师的表扬，

每当期末考试的成绩排名靠前，

每当家长会后看到父母的脸上挂着笑容，

我意识到这是一种幸福。

参加工作后，

每当自己工作上有点小成绩，

每当得到领导的表扬，

每当年终表彰时被提名，

我深深地感受到这是一种幸福。

现如今，

每当我听到孩子自强奋进努力工作，

每当我看到老伴跳完广场舞时的状态，

每当我与老朋友聚会举起酒杯的时候，

我打心里感到幸福。

以前的幸福其实很简单，

不外乎吃饱穿暖，

而如今的幸福谁能说清楚？

攀比形成了差距，

贪婪产生了抱怨。

幸福是什么？

在我的眼里：

睡得香能吃饭，

眼睛里有希望，

内心里装着明天。

2021.2.26　大连

我总以为

我总以为，

自己还算年轻，

身上总有一股不服输的劲，

做事还想奔个第一。

我总以为，

自己还是当年的自己，

没有什么事可以难倒我，

努力做到放得下拿得起。

我总以为，

未来的路还很长，

可以慢慢欣赏这沿途的景色，

即便偶遇狂风暴雨。

其实我的以为，

只是一个美丽的错误，

今天聪明的同龄人，

应当慢慢学会选择放弃。

承认自己已不再强大，

存在远比第一更有意义，

你曾经的努力，

不就是为了今天不再与人比高低。

看得了人家的好，

做一个懂得赞美他人的观众，

其实承认年轻人的进步，

就是在激励曾经的自己。

脚下的路其实没有多长，

能走多远完全取决于你的意志和能力，

健康让你领略风光无限，

病痛让你陷入冰天雪地。

我总以为，

人的一生可以如此设计，

活着的时候有过各种尝试和努力，

辞世时不留下任何遗憾而离去。

2021.7.20　大连

曾　经

我曾经以为变老这件事离我很遥远，

可转眼间年轻已挥手与我说再见。

我曾经以青春飞扬而骄傲，

回首时鬓发已是灰白相间。

我曾经踌躇满志把未来规划，

现如今只留下不愿再提及的遗憾。

大半生的记忆只停留在几个时间点，

说得出口的不过是看过时代变化的几个阶段。

太多的曾经构成一幅幅活生生的人生画卷，

每个人的曾经共同讲述着这个时代的变迁。

昨天已经成为曾经，

尽管并非全是美好和圆满。

我们还在续写人生的云卷云舒，

激励自己的故事永远是奋斗者的实践。

珍惜吧，

人生除了朝阳的美还有晚霞的艳，

我们不能把遗憾留给不多的明天，

尽管我们改变不了生老病死的必然，

但是迎接好自己的明天就是留下无悔的昨天。

懂得善待自己，

让每一天的太阳都如此灿烂，

用品质生活与时间为伴，

感悟人生的每一分温暖。

2021.9.25　大连

甜蜜的回忆

或许是今天缺少了对新事物的兴趣，

或许是人已到了怀旧的年纪，

脑海里总有过往的影子，

反反复复挥之不去。

眼前总是浮现年轻时的样子，

那是青春才有的无所畏惧。

我时常想起曾经忙碌的日日夜夜，

记起人生旅途中的风风雨雨，

我怀念人生中的每一次跌倒，

我感激生命中的每一次相遇。

梦的短暂并不影响其内容留下的美好，

许多记忆再现便成为激励。

不再担忧夜里会失眠，

不再怕梦里的一次次迷失，

有梦的人终究是幸福的，

多些回忆便多了些天地，

青春的美好在记忆中再现，

曾经的甜蜜希望在生活中延续。

2021.10.25　大连

你的美可以触摸

你的美不是因为眼睛可以言语，
你的美不仅在于眉宇间透出的灵气，
唇齿间释放的善意，
那是你对岁月的理解。
你的美来自内心深处的真情，
你的美来自待人处事的大气。
懂得尊重，善解人意，
独立自信，脚踏实地。
岁月可以带走你外表的光鲜，
时间却留给你智慧的累积。
双眸告知的是做人的真谛，
唇齿将真善美的追求传递。
美不应当是昙花一现，
美也绝不是简单的靓丽。
美是内外修为的完美结合，

美是天然和努力的统一。

你是美丽的，

可以如此定义，

因为你的美可以直接触及。

你是美丽的，

这一点不容置疑，

因为你的美可以真实地感知。

你是美丽的，

谁也无法抗拒，

因为你的美时刻都在时光里……

2017.11.7　北京

哭吧，与坚强无关

如果哭是一种解脱，

那么你就哭吧。

如果哭算作一种诉说，

你就尽情地哭吧。

哭与是否坚强无关，

眼泪并不意味着懦弱。

成功往往是人们谈论的话题，

赞美只属于成功者。

其实哪个英雄没经历过坎坷？

成功其实是创业者无数次地试错。

炫耀的往往是光鲜亮丽的光环，

深藏的永远是难以言说的挫折。

走红地毯的双脚曾从荆棘中蹚过，

赞美的目光基于多少次的斥责，

令人羡慕的伟业，

支撑它的是长期的积累和拼搏。

没有这反反复复的探索，

怎会有这泪如涌泉的时刻。

这泪水是对所有付出的一种诠释，

这哭泣是对所有伤痛的抚摸。

没有别的表达方式，

哭泣可能是最直接的选择。

没有人笑你脆弱，

眼泪也是快乐的一种结果。

哭吧，最难的日子里你没有哭，

你说你没有哭的资格；

哭吧，最惨的时候你没有哭，

你说要用哭的力量去改变生活。

今天你可以哭了，

与是否坚强无关，

它是一种解脱，

它是唱给奋斗者的赞歌。

2018.3.29　北京

珍　惜

一场大病，

明白了健康比富有重要。

一次灾荒，

知道了粮食比金子重要。

一次动乱，

认识到安定比自由美好。

人总是追求得到，

得到的越多越好，

但失去同样避免不了，

失去不会因得到而改变，

失去是无法改变的终极目标。

珍惜吧，当下拥有的一切，

有些东西一旦错过，

就是永远，

或许有些可以从记忆中寻找。

2021.11.12　上海

再话感恩

我感恩，我的爹娘，

给我生命，育我成长；

我感恩，我的相遇，

催我奋进，教我刚强；

我感恩，朋友的信任，

让我懂得了尊重的分量；

我感恩，伟大的时代，

使命让我学会担当；

我感恩，强大的祖国，

深知一个国人的责任与荣光；

我感恩，上天的眷顾，

让我的灵魂存在这星球之上。

感恩，一切安排，

感恩，柴米油盐，

让感恩成为滋养生命的活水，

化作生长的力量。

2021.11.25　上海

童年是场梦

从儿童节到重阳节需要多长时间？

转换或许就在不经意间。

从天真到老成需要多长时间？

是你一次次跌倒后重新站起来的快慢。

从懵懂到理智要多长时间？

是你对活着的意义理解的深浅。

从贪多到嚼烂需要多长时间？

是你的目光由顾近到至远。

从利己到利他需要多长时间？

是你的胸怀由窄变宽。

从耕耘到收获需要多长时间？

是你努力的汗水能否把作物浇灌。

生命因短暂而珍贵，

童年因美好而怀念。

记住童年吧，

那份离开就不再回来的甘甜。

2022.6.1　大连

学会告别

如果前半生想成功，

重要的是学会成长。

如果后半生想幸福，

重要的是学会告别。

告别你曾熟悉的节奏，

告别你曾津津乐道的环境，

告别把你视为神的那些人，

告别所有不再适合你的一切。

前半生努力做加法，

为的是在奋斗的路上不胆怯；

而后半生努力做减法，

腾出足够的时间欣赏美好的世界。

所谓新的生活，

往往是从学会告别开始。

适应自娱自乐的日子，

或许是从学会放下算起。

如果说，

从简到繁是人成长的记录。

那么，

从繁到简则是人修行的另一种境界。

2022.8.11　大连

二 月 二

能不能龙抬头?

时间不过是个由头,

若红运当头岂是靠等候?

行者,路就在脚下,

耕者,惰则荒勤则收。

几十年的风雨,

半个多世纪的春来秋走,

朋友虽越来越少,

现实却越看越透。

人生不过是一场舞台秀,

掌声归于观众的素养,

沉默必是舞者的信守。

抬头只是生活的态度,

低头方能生存得长久。

2023.2.21　海口

留　白

一张画纸寥寥的儿笔，

能够直抒画家的创作用意，

画龙点睛的着色，

传递出风轻云淡的惬意。

我特别欣赏画中的留白，

既凸显出作品的主题，

也给观众留下无限的想象天地。

好画家懂得构图，

更懂得留白的深意，

艺术不是一孔之见，

留白是一个艺术家创作境界的根基。

生活何尝不是如此，

做人贵在懂得谦让，

做事妙在留有余地，

重要的不是你自己多么优秀，

而是你能否成就一个优秀的群体。

完成你应做的事情，

为他人的成长搭建阶梯。

生活中如果缺少了留白，

尊重和理解则无从谈起。

我们不是艺术家，

留白只是我们借用的一个术语，

生活中需要艺术，

留白或许是我们人际交往中的考题。

2023.3.31　大连

请闭上你的嘴

能否闭上你的嘴，

责怪别人只能是自己无能的自慰。

能否闭上你的嘴，

抱怨从来都是弱者处事的所为。

能否闭上你的嘴，

怒骂恰恰暴露了你身份的低微。

能否闭上你的嘴，

声高并不证明你说的观点就对。

人或许在一岁时就学会了说话，

却用整个一生去学习如何闭嘴。

沉默既然不是无语，

闭嘴怎么会是无为？

2023.4.3　大连

存　在

花开，

无论有没有人欣赏。

树长，

无论有没有人来丈量。

天亮，

无论有没有阳光。

人强，

何惧没人褒奖。

每一缕阳光都值得尊重，

每个人的人生都不寻常，

存在即价值，

成长即希望。

雨滴，

力量不及海洋。

泥土，

分量难比山冈。

平凡，

不羡慕伟大。

宁静，

又怎会输给张扬？

2023.3.20　香港

属　于

其实，人这一生，

属于你自己的东西寥寥无几，

许多你自认为属于你的东西，

其实并不属于你。

你挣的钱是属于你的吗？

如果你死前不打算把它全部花掉。

你拥有的房产是属于你的吗？

那里不过是你曾经的栖身之地。

你创立的产业是属于你的吗？

哪个产业的未来不是由别人来接替。

你用奋斗换来的荣誉是属于你的吗？

岁月如梭有多少人能够记起。

你视如珍宝的收藏是属于你的吗？

它只是历史传承中的一次传递。

时间是属于你的吗？

一生的忙碌究竟有多少时间是在为自己？

只有尊严属于你，

只有自信属于你，

只有努力属于你，

只有乐观属于你。

知之者智，不知者愚，早知者早喜，

终不知者莫言"属于"。

2023.3.4　大连

又见香港

当年访港三十八，
如今再来六十五。
岁月如梭一场梦，
霜染鬓发疑容颜。
遥想曾经凌云志，
而今唯喜常挥杆。
山河终有春归时，
何人许我再少年？

2023.3.21　香港

收 获 者

还是那个城市，

还是那些公园，

还是那抹余晖，

还是那片蓝天。

在他的眼里，

美就在那里，

它从未走远。

美是春天的鲜花朵朵，

美是深秋的银杏叶片，

美是老婆婆的背影，

美是孩子们的张张笑脸。

因为热爱生活，

总能收获美的瞬间，

因为喜欢这个城市，

总能为它添色美颜。

这是一个凡人的故事，

记录下他幸福的每年每天，

赠人玫瑰手有余香，

送人美好心比蜜甜。

2022.8.23　大连

风光的背影

看过领奖台上冠军高高地举起奖杯，

读过经典小说被书中的情节感动得流泪，

听成功者的故事内心满满的敬佩，

见过明星走红毯的风光，

幻想着何时我能与明星彼此换位。

但你知道吗？

每个冠军的背后是成千上万个运动员的淘汰和伤悲，

每部经典作品都是作者几年几十年的起早贪黑，

每一个成功者都曾有过伤痕累累，

每个演员为演好一个角色都曾流过汗水和眼泪。

人前的显赫都有人后的付出，

风光无限的同义词或许是百转千回，

值得赞美的不是赛场上的瞬间，

而是训练场上耐得住长期的枯燥乏味，

光鲜亮丽人物形象的背后，

值得欣赏的永远是执着的追求和对他人的敬畏。

2022.8.21　大连

兼　容

如果说努力地向上兼容，

算是一种追求，

那么平和地向下兼容，

则是一种姿态。

向上兼容，

凭借的是能力，

向下兼容，

需要的是胸怀。

兼容不是没有原则的迎合，

兼容也不是一种被动的等待，

兼容是认知的必然，

兼容是智慧的承载。

兼容让生活更加丰盈，

兼容让人生充满了爱。

学会了兼容，

前行的路上少了些障碍，

适应了兼容，

人生便多了些春暖花开。

如果说平凡是伟大的曾经，

那么兼容则是成功的未来。

2023.4.23　铁岭

角　度

如果你见过孔雀开屏，

一定会被那份美艳和骄傲所倾倒，

假如此刻你恰好站在了孔雀的背后，

相信你眼前会是另一种难以言表的糟糕。

不是现实残酷，

而是你所处的角度决定了它的面貌。

自然界尚且如此，

人类何尝不循此道。

人有八分好，

难掩二分孬，

看人重在看长处，

判断的关键是选准观察的视角。

没有不能用的废人，

只有放错了位置的材料。

角度对了，

人人都是参天的大树，

角度错了，

处处都是荒芜的小草。

2023.4.28　大连

人老了，其实挺好

人老了，

其实挺好，

少了些虚伪，

多了些厚道，

不再为讨好而说假话，

做人可以昂首直腰。

人老了，

其实挺好，

少了些狐朋狗友，

剩下的都是至交，

过日子不再图热闹，

清静度日少了许多干扰。

人老了，

其实挺好，

少了大餐烈酒，

多了杂粮菌草，

不必为生计而加班熬夜，

不用为事业而东奔西跑。

人老了，

其实挺好，

少了刻意修饰的外表，

多了本色呈现的容貌，

不再理会他人的评论，

阅历成为自信的依靠。

人老了，

其实挺好，

少了些冲动和鲁莽，

多了些冷静和思考，

看淡了功名利禄，

认清了人生什么最重要。

人老了，

其实挺好，

少了些风花雪月，

多了些岁月静好，

珍惜此生的每一次相遇，

期待来世的再一次相邀。

2023.5.20　大连

自律者恒强

对别人狠，

或许归于手中权力的影响，

对自己狠，

或许归于个人强烈的欲望。

对他人的严苛，

或许迫使他人快速地成长。

对自己的刻薄，

只想让自己变得更加坚强。

生活上做到自律，

上帝赐你健康。

习惯上做到自律，

生存拥有质量。

学习上做到自律，

进取总有保障。

行为上做到自律，

做人正直清爽。

自律者无敌，

自律者恒强。

2023.5.11　大连

快 与 慢

小的时候盼着快点长大，
早点自立可以独步天下；
退休后盼着慢点变老，
用足够的时间去欣赏这世界的繁华。

贫穷的时候盼着快点赚钱，
解决好自己的温饱有能力孝敬爹妈；
小康后盼着手中的钱能够慢点花，
有足够的能力应对这飞涨的物价。

年轻时做事心里只有一个快字，
如同在赛场上唯恐被别人落下。
如今做事心里只念着一个稳字，
取悦了自己方便了大家。

当年自己讲话快、声音大，

语速快得像是与人吵架，

如今讲话惜字如金，

思虑再三不会轻易说话。

快有快的激情，

慢有慢的练达，

慢是沉淀后的老辣。

没有曾经的快，

哪里有今天的慢啊，

没有昨天的坎坷，

也不会有如今的出神入化。

快是曾经的自己，

慢是觉悟后的大咖。

快或许可以成就发展，

慢不一定成就不了伟大。

2023.6.1　大连

第二章

家庭亲情

有一种爱叫亲情

没有任何选择，

没有什么可以替代，

这是一种赤裸裸的爱，

这是一种无法抗拒的爱，

植根于内心深处，

情深似海。

无论什么原因，

无论哪个年代，

简单直接的表白，

毫无保留的给予，

直抒情怀。

不求回报的爱。

不管再远的距离，

无论再大的障碍，

想起他们就是春天，

见到他们便是花开，

世世代代，

概莫能外。

只因他们延续了我们的生命，

只因他们继承了家族的血脉，

这是一盏不灭的灯，

这是一片不竭的海。

记录下曾经，

召唤着未来。

2017.6.1　上海浦东

等 候

我经常因外出在航站车站等候，

习惯了漂泊的我不曾感到疲惫。

或许是家人的召唤让人心静如水，

也许是接站人的约定令人向往，

等待全然成为一种回味。

忘不了故乡那山那水，

是春的气息让人着迷，

是秋的诱惑让人心醉。

只因有她的到来，日子不曾伤悲。

我常因思念让心能够静静地等待，

回味青春怒放过的花蕾，

抚摸岁月经过的路碑。

生命中还需要多少次等候，

你在，我愿留心与你同归……

2017.5.25　厦门

过　年

什么叫过年？

过年就是累与快乐交织的一种体验。

它是爹娘的期盼，

它是故乡的召唤，

它是童年快乐时光的记忆，

它是游子回家的期盼。

不论你混得多么光鲜，

还是母亲口中的山娃狗蛋。

不管你当多大的官，

发小见面还会给上你一拳。

无论你有多少个理由，

哥儿们喝酒必须用碗。

过年就是奔着这份亲情，

过年就是奔着团圆。

喝一口故乡的水，

吃一顿地道的家乡饭，

只有回家才有这种轻松，

只有在家人面前才能如此释然，

饭菜可口是因为有了家的味道，

酒不醉人是遇见知己的伙伴，

过年不就是过人吗，

人南地北家是终点。

回到家一切都变得那么温馨，

回家是心田的一次浇灌，

返乡是前行路上的再充电。

爹娘的唠叨胜过书本的理论，

亲人的嘱托句句镌刻在游子的心间。

努力吧，别辜负了父老们的期望。

拼搏吧，迎接奋斗后崭新的明天。

2019.2.4　上海

没有了母亲的"母亲节"

母亲在世时我并未在意这个日子的重要，

每逢这一天的来临，

或是在电话中问候几句，

偶尔也会赶回家陪老人家唠上一阵儿，

眼见着母亲一天天地老去。

母亲在世时我并不经常回家，

人在外地心里不免也有几分惦记。

母亲总说你忙就别往回跑，

我挺好，也不缺啥东西。

但每当母亲见到我总是喜悦伴着泪滴。

那一天母亲突然地走了，

竟然没有交代孩子们一句。

我忽然明白了这意味着什么，

别离是一场永远没有结果的等待，

唯有留下深深的愧意。

没有了母亲的"母亲节"该怎么过？

耳畔响起母亲曾经的话语。

男人不管生活多不易，

要努力做到一个最好的自己。

守着这句话，

节日里母亲似乎还与我们在一起……

2017.5.12　北京

记忆里的父亲

小时候父亲像是一个保姆，
只要父亲在我们就不会挨饿，
冬天父亲常给我们煲猪骨汤，
半夜醒来看见父亲还在炉边忙。

长大后父亲像一个严厉的教官，
家里俨然成了训练场，
孩子个个都是他的兵，
学会坚强敢于担当。

成家后父亲像个邮差，
在每个孩子家之间来来往往，
几只螃蟹一包牛轧糖，
送来的是爱意和希望。

父亲没有多少文化，

但做人的道理他一点也没少讲，

想要做好事必须先做好人，

是金子总会发光。

父亲没有多高的身份，

但谦逊的为人让我终生难忘，

是真诚赢得了朋友的信赖，

良好的人缘源于他的正直和善良。

父亲没有给我们留下什么钱财，

清廉或许是家里唯一的家当，

如今我们拥有的一切，

不就是父亲给我们留下的一片阴凉。

我记忆里的父亲，

或许没有那么高大上，

但他是家里真正打事的脊梁，

挡风遮雨呵护我们成长。

我记忆里的父亲

像是一座神圣的殿堂，

给我们的人生留下了最美好的记忆，

辅佑我家族后人走向幸福的远方……

纪念父亲欧德举逝世二十五周年

2019.7.17　大连

年的味道

年是什么?

年是家里孩子们的喧闹,

备点压岁钱添些新衣帽,

包饺子燃放鞭炮,

过年其实就是过人啊,

团圆是父母过年时唯一的需要。

年是什么?

年是家中妈妈的唠叨,

眼里只有长不大的孩子,

嘴上总是不停地说教。

妈在家才在啊,

倦鸟怎会不归巢。

年是什么?

年是父亲在厨房忙碌时的背影，

那是父爱的缩影，

孩子们恋家的缘由。

哪里的饭菜也不如家的好啊，

这口味一生都忘不掉。

年是什么？

年是父母叫着我们乳名时的样子，

那是亲情的呼唤，

它是父母此生留给每人的记号，

不管谁有了多么大的出息啊，

在父母眼里还是他们的小狗小猫。

年是什么？

年是家门两旁的红对联，

那是过年的符号，

是一家人新年的祈祷，

开门迎来八方客，

关门挡住魔鬼恶妖。

年是什么？

年是我们梦里与父母重逢的分分秒秒，

好像又回到那个熟悉的家，

围坐在父母身旁有说有笑，

老人家似乎又在谆谆教导：

孩子们啊，做好人走正道。

2021.1.6 上海

陪伴孩子成长

我给你生命，
你还我成长，
一寸时光，
寄托了无限希望。
多少个日日夜夜，
多少个春来秋往。

我给你岁月，
你还我天天向上，
我辛勤耕耘，
收获你们的成长。
做人正直善良，
做事大气阳光。

我给你今天的雨露，

你还我明日的太阳，

一份深爱，

伴你冬暖夏凉。

自食其力做善事，

宽厚待人敬贤良。

我给你一生的牵挂，

你还我进取的力量，

家是你们永远的基地，

爹娘是你们内心里的念想。

尽责勤勉，

努力成为国家建设的栋梁。

这是一种缘分，

也是生命的承接和延长，

一代人有一代人的使命，

一辈人有一辈人的担当。

人生如同一场接力赛，

愿你们奋力跑好这一棒……

2018.5.2　大连

话 过 年

当自己的父母远在天边，

当自己的孩子身在遥远，

当自己贴着对联求平安，

当自己为自己忙活年夜饭，

我问自己，

这就是过年？

没有了家里曾经那热闹的场面，

没有了家中曾经那熟悉的身影和笑脸，

没有了家里的烟火气，

没有了几代同堂的团圆，

如今过年只是一种形式，

辞旧迎新迈入新的一年。

只是这些日子里多了些对前辈的思念，

少了许多人来人往应酬所需的麻烦。

家庭的概念今后会越来越小，

熟悉的年味也会越来越淡，

物质上的丰富填补不了精神上的缺失，

人们认知的提高替代不了真挚的情感，

社会在不断改变中进步，

人们在不断适应中发展，

过年，

体会亲情的宝贵。

过年，

感悟时代的变迁。

2023.1.21　大连

盼是一种幸福的执念

小时候最盼着过年，
盼着压岁钱盼着嘴不闲，
换上崭新的衣服去串门，
提着灯笼去放鞭。

长大后也盼着过年，
忙碌一年好不容易连续休息几天，
扫房蒸馍忙活年夜饭，
兄弟姐妹见面聊个没完。

儿女成家后特别盼着过年，
几代人天南海北凑到一起，
团聚才是一家人过年的期盼，
再简单的日子也会感受到家的温暖。

如今的我已不再盼着过年，

所谓的团圆也成了一种象征性的概念，

父母的恩情只留在了记忆中，

儿女也有了各自幸福的港湾。

不是物质上的丰富让人没了期待，

而是精神上开始习惯于平淡，

过年饭菜可荤可素，

亲威朋友可见可念。

热闹早已是昨天的船票，

怎能再登上如今这安静之船。

盼曾经因缺乏而使然，

盼成为寻求满足的源泉，

盼是一种发自内心的美好，

盼带来一种难以言表的满足感。

不同的年龄有着不同的期盼，

不同的时代有着不同的心愿，

盼是人的一种心态，

盼是人们认知的一种呈现，

盼是一种幸福的执念，

盼也在一定程度上，

反映出这个时代的变迁。

2023.1.11　大连

闻香思故人

六月麦子黄，

漫山飘艾香，

又遇端午节，

祈福祝安康。

粽子千万种，

味道数我娘，

当年一口米，

至今嘴还香。

闻香思故人，

爱国做忠良。

2021.6.13　大连

父　亲

儿时我经常坐在父亲的肩上，

那时的父亲是一座山，

可靠而威严。

少年时父亲时常给我讲故事，

那时的父亲是一本书，

道尽人间百态气象万千。

中年时同父亲一起过年吃团圆饭，

那时的父亲是一个慈祥的老人，

坐在他身边有一种别样的踏实与心安。

如今的父亲，

时常在我的梦里出现，

总问我如今你做了父亲难不难。

父亲啊，

为人父方知为父难，

我一直在努力完成一个父亲的承担。

尽责是我一生的承诺，

正直是我做人的底线，

认真是我行事的原则，

敬畏是我与人交往的首选。

作为父亲我并不伟大，

但我绝不敢懈怠和偷懒。

作为父亲我也算不上优秀，

但我始终尝试着去改变。

作为父亲我更谈不上富有，

但我足以维护一个男人应有的尊严。

父亲是一种责任，

父亲是一种担当，

父亲是成功者的背影，

父亲是人们心底里的那份温暖。

2021.6.18　沈阳

念　头

他们没给我留下什么资产，

却给了我奋斗的机会，

他们没有留下什么积蓄，

却给了我独立自主的无悔，

他们没有什么显赫的社会地位，

但用他们的为人教会我真诚守规。

父母留下的东西什么最宝贵？

物质固然重要，

但它不如拥有做人和处事的智慧，

值得炫耀的背景令人羡慕，

但它换不来你的年轻有为。

光鲜的社会影响都是暂时的，

只有良好的家风可以传承多少辈。

这是为人之道，

这是迈向成功的源头活水。

它是最有价值的财富，

它是金也换不来的尊贵。

爱自己的父母，

忘不掉的是养育之恩，

回报父母的恩情，

牢记他们的谆谆教诲。

这就是那个念头吧？

不论哪一代哪一辈，

这就是那种力量吧？

只能向前绝不后退。

2021.7.16　大连

母　爱

母爱意味着什么？

它是创造生命的奇迹，

它是十月怀胎的喜与苦的交集；

它是几十年的哺育和陪伴，

它是舍得一切的无所畏惧，

它是分享你成功快乐时的掌声，

它是承载你任何委屈时的鼓励；

它是望子成龙的寄托，

它是望女成凤的期许；

它是不求回报的付出，

它是一个家存在的意义。

母爱是伟大的，

它的伟大毫无争议。

它是普天下儿女的共识，

它是人类希望的延续，

虽然作为母亲终究会离去，

母爱却将伴着我们到生命的最后一息。

2022.5.8　大连

父 爱

有一种爱叫无言，

没有特别的宠爱，

没有过分的娇惯，

目光就是态度，

脸色彰显判断，

那是一种父爱的呈现。

有一种爱叫严管，

没有下不为例，

没有饶你初犯，

轻则劈头盖脸，

重则面壁停餐，

那是一种父爱的使然。

有一种爱叫放手，

没有什么难以割舍，

没有什么事先铺垫，

在风雨中成长，

在摔打中历练，

那是一种父爱的执念。

有一种爱叫久远，

有时未必感知它的价值，

无时却陷入深深的思念，

这种爱或许没那么甜，

它却深深地植入你的心田，

那是父爱的一种召唤。

2022.6.19　大连

变化中的幸福

谈情说爱的日子里，

姣好的面容往往是人们的主要关注，

既然靓丽是天然的优势，

选择漂亮与选择优秀并不冲突。

婚后生活的美好，

缘自家有一个贤妻良母，

既是事业上的帮手，

更是家里的主心骨。

中年生活的满足，

基于彼此的理解和包容，

责任共担能力互补，

奋斗的路上定会风雨无阻。

晚年生活的快乐，

建立在相互间的体贴与照顾，

心照不宣的默契，

精神上的支柱。

爱如四季的变化，

七分美好三分不足，

变化中体现爱的丰富，

每一变化都是演绎对幸福生活的追逐。

爱在变化中呈现美好，

人们在追逐中把幸福感悟，

骄傲的并非变化中的彼此，

而是彼此一生对爱的专注。

2022.8.31　大连

望月思故人

中秋年年有，

月明无新旧，

只因双亲在那头，

归乡无缘由。

团圆仅留记忆中，

唯见泪长流。

风摧叶落雁南飞，

又是一场秋。

望月思故人，

举杯敬谁酒？

2022.9.10　大连

母　亲

见到了，

杀。

想起来，

暖。

靠近了，

欢。

离远了，

盼。

在时安，

走后念。

母亲是泉，

甜。

母亲是缘，

恋。

2023.5.14母亲节　大连

那人是母亲

生了病坚持不吃药的那个人，

一定是母亲，

只为得到一个健全的你。

夜里可以整夜不睡觉的那个人，

一定是母亲，

怀里抱着正是整夜哭闹的你。

见人总是不停地夸赞你的那个人，

一定是母亲，

无论是身在幼儿园还是单位里的你。

在你出嫁时泪流满面的那个人，

一定是母亲，

她用自己的不舍，

送走奔向幸福生活的你。

多少个周末反复催促你回家吃饭的那个人，

一定是母亲，

备好可口的饭菜，

用笑容陪伴着开心的你。

月子里坚持不让你沾水下地的那个人，

一定是母亲，

她用亲力亲为的努力关怀着产后的你。

在幼儿园门外早早守候的那个人，

一定是母亲，

她用自己的余热为事业发展中的你分担责任。

那个日渐苍老步履蹒跚的人，

一定是母亲，

她用不求回报的爱，

支撑着享受幸福生活的你。

让你终日里魂牵梦绕的那个人，

一定是母亲，

即使她已在天堂，同样可以温暖着你。

一个让你至死都放不下的那个人，

一定是母亲，

这种思念将一直伴随着，

已经渐渐老去的你。

2023.5.14　大连

饺　子

中国人的餐桌上少不了饺子，

中国人的家庭也离不开饺子，

家家都会有一个关于饺子的故事，

那故事的主人都会是家里的长辈。

饺子好吃不是因为肉多，

也不是因为放入了什么山珍海味，

吃饺子是一种情结，

吃饺子那是对家的一种回味。

那是奶奶亲自调的馅，

那是姥姥切的韭菜，

那是妈妈亲自和的面，

那是姐姐擀的皮儿，

包饺子俨然成为全家人的运动会，

吃饺子时爸爸总会高兴地喝上几杯。

这是一个多么熟悉的场景，

那温馨的画面想起来禁不住让人流泪。

最好吃的饺子莫过于家里的饺子，

毫不夸张地说那是天下的美食之最。

饺子就酒千杯不醉，

因为喝下去的酒已化成那情感之水。

饺子；中国人的美食，

饺子，感恩者的回归。

2023.5.27　大连

第三章

爱情纪念

有一种分别叫"分而不离"

记不得我们有多少次别离，

　　次比一次不舍，

一次比一次压抑。

每次分别似乎都有一个适当的理由，

放弃小我实现大我，

为未来的幸福而选择暂时的分离。

年轻时的别离是不舍，

出发之时就计算着归期，

中年时的相聚虽然默默无言，

但彼此的眼睛多是湿漉漉的。

曾经的我们有过太多的身不由己，

为了夯实在一起的基础，

我们几十年分居两地。

如今我们已步入暮年，

终于可以不再分居，

身心都能在一起。

这是一个分而不离的故事，

这是一段离而未分的经历。

离，仅仅是一种距离，

分，也只能算是一种合的开启。

有一种分别叫"分而不离"，

是岁月的回馈，

是生活的磨砺，

虽说点点滴滴，

却能感天动地。

在一起是快乐的分享，

别离是来自心底的牵挂和惦记。

在身边也如此，

在天边也如此。

2017.5.7　北京

真爱不求回报

给予完全是出于本能，

奉献无疑是爱的一种特征，

真情从不需要什么交换的条件，

真爱从来不谈付出上的对等，

爱的人一切安好，

那是多大的荣幸。

爱这个东西，

付出得多少无法度量，

爱之所以伟大，

是它根本就没有索取的初衷。

做到最好的自己，

如三月的江南还怕等不到春风。

有爱的人内心自然强大，

为爱不怕个人有所牺牲，

甘愿做一个生活上的园丁，

只管默默地耕耘，

相信他日定会看到收成，

那就是这个家庭的成功。

真爱出自真情，

舍得成为爱的别名，

时间会告诉一切，

岁月可以为爱的人做证，

虽然平凡但不平庸。

这就是真爱，

这就是真情，

大爱无疆的内涵一定包括，

不求回报的真情。

2018.4.24　大连

我用一生守护你

根系对土壤的依赖大树知道，

波涛对堤坝的依赖江河知道，

翅膀对山峰的依赖雄鹰知道，

情感对岁月的依赖苍天知道。

我也有大树的追求，

我也有江河的自豪，

我也有雄鹰的志向，

我也有爱的宣告。

虽然我们的相识有些偶然，

但是相守终生绝非是玩笑。

你既然把真爱给了我，

我必将用一生作为回报。

我虽然没有豪宅，

但我从不缺少温暖的爱巢。

我可以没有豪车，

但我从不缺少致远的双脚。

我可以没有钻戒，

但我从不缺少追求卓越的目标。

我可以没有玫瑰，

但我从不缺少真诚的拥抱。

其实幸福与金钱没有多少直接的关系，

享受被爱也不在乎财富的多少。

男人敢于担当就是希望，

男人勇于付出就是依靠，

日子需要的是踏实，

生活追求的是美好。

携手共进退，

根深才会叶茂。

你对我怎样我的心知道，

我对你怎样岁月会知道，

你把一生交给我吧，

我定会陪你白头偕老。

2018.5.21　北京

骄傲吧，女人

当有人说你可爱的时候，

你一定正是怒放中的花朵。

当有人说你漂亮的时候，

你一定是青春最灿烂的时刻。

当有人说你妩媚的时候，

你一定身处爱情的旋涡。

当有人说你睿智的时候，

你一定是在事业上有所斩获。

当有人说你贤惠的时候，

你一定在家庭的建设中付出良多。

当有人说你慈祥的时候，

你一定正在享受天伦之乐。

当听到有人不断赞美女人的时候，

你一定会感受到身处一个时尚之国。

赞美女人是一种文明，

这世界正是因女人的存在而多姿多色。

发现美是男人的本能，

谁会在美丽面前抵住诱惑？

骄傲吧，女人，

做一回女人此生真没白活。

2020.3.8　大连

重新认识女人

一个女人，

在男人面前，

她呈现的是一种性别状态。

一个女人，

对于自己而言，

她仅仅是一种生命体的存在。

然而女人，

对于整个人类社会来说，

她是我们可以期待的未来。

女人的内涵可以做以下的交代：

女人是人类得以延续的温床，

女人是家庭幸福生活的一种承载，

女人是社会关系的调节和平衡器，

女人是情感世界的主宰。

女人代表着姐妹的亲情，

女人代表着妻子的挚爱，

女人代表着母亲的伟大，

女人是社会秩序维系的关键。

尊重女人是社会文明的体现，

善待女人是一个优秀男人的基本素质，

实现女人的价值是实现社会进步的必要途径，

赞美女人是文艺作品的永恒题材。

善待女人吧，

为她们的幸福生活而继往开来；

赞美女人吧，

为她们的辛勤付出而击掌喝彩；

重新认识女人吧，

新的女性会给我们带来一个新的时代。

2021.3.8　大连

话 七 夕

小的时候，

不明白七夕是个啥节日，

望着头上的月明，

听着凄美的传说。

到了恋爱的年龄，

七夕节是充满爱与浪漫的时刻，

虽说没有钱去买鲜艳的玫瑰，

但深爱的她并不计较我囊中羞涩。

儿女渐渐长大了，

每天的主题就是平常的生活，

夫妻间不再卿卿我我，

但共同的情趣让日子过得有声有色。

今天再遇七夕，

明白了爱情对于我们意味着什么，

爱不是一时的山盟海誓，

而是一生心里始终装着你我。

有情人终成眷属，

时间会告诉你选择的对错，

骄傲的不是当年你选择了我，

而是今天我仍然是你唯一的选择。

2021.8.14　大连

一张旧照片

这是一张四十年前的相片，

颜色已微微泛黄，

冲洗的水平也算不上先进，

但照片上的人看上去是那么端庄。

浓浓的弯眉下，

一双水汪汪的大眼，

自信的鼻梁，

映衬着阳光灿烂的脸庞。

青春四射的年龄，

战无不胜的模样。

这是初恋时留下的记忆，

这是一次历史的回望。

一张照片的背后，

交代了一份寄托。

一种相互认可的形式，

确立了情感发展的方向。

是它让承诺变为现实，

是它让感情成为力量，

是它让青春换来收获，

是它让爱的日子可以地久天长。

手捧当年的相片，

内心充满无尽的感慨，

四十多年的相濡以沫，

近半个世纪的奔忙。

眼里还是当初的你，

心里还是那轮不落的太阳。

岁月可以带走你青春的年华，

却抹不去我内心的一往情深，

你还是当年的你，

我的记忆永远定格在你二十岁时的模样……

2018.5.25　北京

七夕话爱

少年时话爱，

魂在云天外；

青年时说爱，

如排山倒海；

中年时说爱，

只提下一代；

老年人说爱，

简单又实在。

爱如糖，

有则欢多则碍，

爱如盐，

失之无味过则害。

爱人，心潮澎湃，

被爱，春暖花开……

2022.8.4   大连

永　远

让女人快乐一天，

有可能是女神节赋予的权力。

让女人快乐一周，

那或许是外出度假时的新奇。

让女人快乐一季，

那有可能是先生戒烟后带来的关系变化。

让女人快乐一生，

毫无疑问那是欣赏和尊重奠定的情感根基。

让女人快乐一天是容易的，

而让女人天天快乐的确需要些智慧和实力。

它需要的不是男人的山盟海誓和豪言壮语，

而是生活归于平淡后的那份守护和矢志不移。

2023.3.8　大连

一生的情人

我原本问她要几朵浪花，

她却给我了整个海洋；

我原本问她要几片云朵，

她却给我了整个天空；

我原本问她要几棵小草，

她却给了我整个草原；

我原本问她要几片树叶，

她却给了我整个森林；

我渴望问她要一个亲吻，

她却给了我她的整个人生。

我不清楚何种关系称得上情人，

我也无法给出情人的具体定义，

但在我眼里的她是完全够得上的，

这个结论不用任何论证。

她的今生只爱过一个人，

无论是青春飞扬还是老态龙钟，

她的情感基石永远建立在给予上，

她说，什么东西也比不上信任和尊重。

默契或许比般配更有价值，

懂得或许比谦让更有意境，

互补或许比独秀更令人敬佩，

欣赏或许比心动更能永恒。

不同的人讲述着不同的爱情故事，

不同的人对情人的理解也深浅不同，

有的人幸福尽在情人节，

有的人天天都在幸福中。

2023.2.14　海南保亭

余生让我们在一起

"余生让我们在一起"，

这是一句多么亲切的话语，

这是一句多么令人振奋的诗句，

与其说这是一种选择，

不如说这更像是一种来自心底的期许。

我们这些人都曾有过生活的挣扎，

我们这些人都曾做过各样的努力，

我们知道什么是艰辛，

我们更明白什么叫来之不易，

昨天的悲喜我们永远不会忘记，

今天所有的一切我们都会倍加珍惜。

只是这些都将成为昨天的故事，

所有的这些都将归于我们的记忆。

选择在一起不是开始贪图安逸，

选择在一起更不是选择了放弃，

余生让我们在一起，

是将信任捆绑在一起。

余生让我们在一起，

是将分享融合在一起。

余生让我们在一起，

是将健康联系在一起。

余生让我们在一起，

让我们真正理解，

什么是生命的意义。

2023.4.12　大连

第四章

珍惜友情

相识怎会如初

当年的你虽算不上英俊，

但风华正茂让人过目不忘。

当年的你虽算不上漂亮，

但青春洋溢也曾引得许多人的回望。

光阴似箭，

如今的你我都已鬓发染霜。

岁月的印记刻在满是皱纹的脸上，

小时候的故事还念念不忘。

当初的相识源于交流的渴望，

当初的快乐基于少年时的狂想。

凭本事行走天下，

靠实力赚得口粮，

有过春风得意的酣畅，

有过生意场上的奔忙，

有过跌倒爬起的艰辛，

有过风轻云淡的徜徉。

辉煌也好，

平淡也罢，

岁月对谁不都一样？

人生不过是舞台上的一次亮相。

别抱怨，

从未扮演过主角；

别郁闷，

自己的人生如此平常。

其实多数人的一生也不过如此，

谁没体验过人生的悲凉？

放下吧，

学会清零是一种明智，

正视现实便会内心敞亮。

相识不会如初，

因为我们有了几十年的沉淀。

相识不会如初，

每个人都拥有一个美好的希望。

相识也如初，

心中的你我任何时候都不会相忘。

感谢岁月让我们走到一起，

感谢我的生命中曾经有你陪伴身旁，

调整好自己的心态，

打点好远游的行装，

重新认识彼此，

开启我们之间的深度交往，

弥补过往的遗憾，

把这个世界重新打量……

2017.2.11元宵节　大连

思　念

你在那一边，

我在这一边，

中间隔着深深的思念。

你在那里和面，

我在这里调馅，

饺子里包着彼此的惦念。

你说回来过年，

我说等你不管哪一天，

内心里有说不出的甘甜。

你那里飘着雪花，

我这里滴着雨点，

是情感的伞为你我挡雨避寒。

还有多少年？

还需多少天？

你我聊天面对面。

请你举起酒杯，

我把老酒斟满，

共同喝下这兄弟间的祝愿。

你若康健，

我便心暖，

哪怕山高路远。

2018.2.19　大连

你还好吧

你这一年忙碌吗？

是否安排过四处潇洒？

你这一年感到寂寞吧？

好朋友还经常见面吗？

你这一年有些进步吗？

网上购物是否已经学会啦？

你这一年身体还好吧？

孙子上学你还负责接送吗？

你这一年思念过朋友吗？

是否惦记着与朋友说说心里话？

你这一年外出喝过几次酒？

是否发现自己的酒量已减啦？

你这一年学过新歌吗？

再不唱歌快乐就把你忘记了。

你这一年还想要求点啥？

参加个聚会不算过分吧?

你这一年还好吧?

先把手头的事放下。

这一年总该收个尾吧?

为了自己也是为大家。

到了年底你也该有个规划吧?

如何迎接明年的春秋冬夏?

2020.10.3　大连

懂我，真好

你在那里，不远不近，

言语几句，不多不少。

懂我，是内心深处的感知，

懂我，是不言而喻的神交。

你是雨中的一把伞，不大不小，

你是河上的一座桥，牢固可靠。

茫茫人海里千百次回眸，

怎能巧遇彼此目光的聚焦？

懂得胜过喜欢，不言不语，

懂得超越知晓，深悟其道。

千万种喜欢的完美组合，

构成相互欣赏的视角。

彼此共有的选择，不低不高，

相互认可的目标，真实奇妙。

做一个让人能够懂得的人，

感受被人懂得真好。

2019.6.19　大连

感谢你曾在我生命中出现过

你曾经在我的身边走过，

带来青春的活泼。

你曾在我的身旁坐过，

紧张的我简直无法听课。

你曾与我交流过，

智慧的光辉不断地闪烁。

你曾与我一同工作过，

携手并肩一起努力求索。

你曾与我搭档过，

取长补短成就了你和我。

你曾与我直面过坎坷，

共同咬牙不曾退缩。

你与我共享过成功的欢乐，

笑着笑着泪水却涌出了眼窝。

你曾在我的记忆中一次次闪过，

亦师亦友蹚过那岁月长河。

你曾在我讲述的故事中一次次被提及过，

那是我人生中最开心的时刻。

感谢你曾在我的生命中出现过，

让我的人生有如此丰富的所得，

感谢你曾在我的成长中影响过我，

感恩你曾经的付出和选择。

我的成长与进步你见证过，

多少个曾经才能成就一个今天的我？

2020.10.18　大连

谁曾醉过

他醉了，彻底地醉了，
难道这是酒的过错？
其实酒是平静的，
是气氛让酒代替了诉说，
容易拿起来的是酒杯，
放不下的是那氛围的诱惑。

他醉了，毫无疑问地醉了，
尽管他始终不承认，
因为他心里是清醒的，
不会因酒把话讲错，
老酒是岁月的沉淀，
朋友必然是时间的果实。

他醉了，神奇般地醉了，

没有人劝他多喝，

是他自己说今天特殊，

珍惜这个难得的场合，

用酒感谢曾经帮助过我的每个人，

今天拥有的一切有赖于朋友的点拨。

他醉了，理性地醉了，

醉得如此开心洒脱，

人生能有几回醉？

关键看是否值得，

懂得感恩人这一生便没有白活，

即使醉了何尝不是一种收获？

他醉了，梦一般地醉了，

绝对不是贪杯酿错，

该说的一句不少，

讳言的一句没说，

留下来的只有真实，

没人记得他曾醉过。

2021.7.6　大连

聚　会

也许是相互间多了一些惦记，

也许是渴望着获知某个人的消息，

也许就是这个怀旧的年纪，

人人从内心盼着老同学再次相聚。

他是否还像当初那样顽皮？

她是否还保留着印象中的美丽？

这满头的秀发怎么变成了灰白？

当年的梦中情人如今是否还会中意？

不说曾经拥有的职位和权力，

说说你成长的故事，

谈谈你创业的经历。

彼此关注的是曾经的集体，

今天在意的是大家的追求和情趣，

同学中有多少人还常联系？

我们的学校有没有再回去？

今后聚会可能会越来越不容易，

难免有个别的同学已经悄然离去。

能聚就多聚聚，

到了这个年龄真需要彼此的鼓励。

聚会是交流的一个平台，

相聚是同学关系的不断维系，

祈祷下一次我们还可以在一起，

分享的是同学们幸福快乐的消息。

2018.5.25　北京

回忆也是一种重逢

你与我共处一片星空下，
只是所处的位置有所不同；
你与我吹着同样的一种风，
只是冷热的感受有所不同。
你我欣赏着同一幅画面，
那是我们相聚时的场景；
我们谈论着共同的话题，
善待自己，多多保重；
我们注意到彼此的变化，
感叹那岁月的无情。
虽然我们暂时无法相见，
回忆也是一种重逢，
回想起我们共同的曾经，
处处流淌着青春的激动，
翻看每一帧熟悉的照片，

眼里饱含对那段岁月的不舍之情。

你与我还在哼唱同一首歌，

只是怀揣着不同的心情。

你与我还在喝着同一种酒，

只是有人醉了，有人清醒……

2022.7.27　大连

凑

当年约酒，

酒钱几人凑，

一碟花生米，

一盘猪头肉，

吃的是满足，

喝的是无忧。

今日约酒，

酒有人难凑，

有人糖高血稠，

有人接娃遛狗，

人生转眼百年，

喝酒何需理由？

2022.8.19　大连

当熟悉的人走了

至爱的爹妈先后走了，

你会发现此后的日子失去了所有的遮挡；

有的同学走了，

你经常会情不自禁地想起那一张张熟悉的脸庞；

有的发小也走了，

听到消息时的你惊讶竟然大过了悲伤；

许多熟悉的同龄人走了，

同行的路上你顿时感到一阵阵凄凉；

甚至有些小你几岁十几岁的人也突然间走了，

让你真正明白了什么叫世事无常。

虽然知道生老病死是自然规律，

但当听到熟悉的人离开时你仍不免会黯然神伤。

因为这些人与你有过相同的经历，

因为这些人与你有过共同的理想，

因为这些人与你有过相互的搀扶，

因为这些人与你有过彼此的欣赏，

因为这些人分享过你的快乐，

因为这些人见证过你的成长。

他们先走了，

留给了我们无尽的惆怅，

我们虽然有幸可以多存活几年，

却要终日在思念中回味曾经的时光。

珍惜吧，

没有什么所谓的来日方长，

只有当下才是属于我们自己的太阳。

善待吧，

陪伴你的一草一木，

你所享受的每一缕阳光。

祈祷吧，

逝者安息，

生者安康。

2023.5.31　大连

第五章

人生感悟

微 笑

最甜美的呈现，

无疑是人的微笑；

不用语言的沟通，

无疑也是人的微笑；

最令人难忘的印象，

无疑还是那春天般的微笑；

如果世间存在最珍贵的礼物，

人的微笑一定跑不掉。

看似简单的微笑，

其实是人际交往中的奥妙，

微笑意味着接纳，

微笑标志着友好，

微笑带来了善意，

微笑是对未知世界的一种拥抱。

微笑源自热爱，

微笑基于信任，

微笑是内在修养的体现，

微笑是真诚友善的符号。

微笑吧，

拉近彼此的距离；

微笑吧，

传递志向的崇高；

微笑吧，

奔向共同的目标。

微笑是社会文明的一种象征，

微笑是避免冲突的一剂良药。

人间处处有微笑，

四季天天阳光照。

　　　　　　2021.5.8世界微笑日　大连

微　信

有一种问候叫微信，

不受距离的限制，

没有形制的俗套，

可以山盟海誓，

可达天涯海角，

只要你愿意，

只要有信号，

问候无死角。

有一种关注叫微信，

或许是才子佳人，

或许是恶魔强盗，

赞美大国的崛起，

倾诉常人的烦恼，

看得见战胜者的骄傲，

听得到失败者的哭泣，

关注世界了解奥妙。

有一种交流叫微信，

彼此不必见面，

相互不用相识，

只要足够吸引眼球。

只要是有价值的报道，

瞬间上了热搜，

立马占据着头条，

岂不家喻户晓？

有一种告知叫微信，

不时地发个朋友圈，

定期地问个好，

不是闲得没事做，

只想告知大家我还安好，

世界每天在变，

不见人多不见人少，

但微信它可以知道。

2021.9.8　大连

老师，您好

老师在我的眼里，

曾经是威严的象征，

成长过程中的幼稚，

学习中的懒惰，

都躲不过老师那双犀利的眼睛，

成长中谁没挨过批评？

老师在我的记忆中，

那是智慧的象征，

答疑解惑，

画龙点睛，

将知识传授，

把道理讲明。

老师在我的人生中，

曾经是一盏灯，

消耗了自己，

照亮学生的前程，

时代的每一次进步，

凝结了多少老师的赤诚。

老师在我的心里，

永远是高尚的别名，

成就了民族的伟大，

促进了国家的繁荣，

老师们却甘于平凡，

乐在其中……

2021.9.10　大连

走了，就永远地走了

他走了，

仅仅领了一个月的退休金。

他走了，

留给亲人们的话没有几句。

他走了，

获知消息的人满脸的诧异。

几个月前我们还曾在一起。

他走了，

或许是因为比别人早走了几年，

团聚的人群中少了一个熟人。

明天和意外哪个会先到？

"走了"代表着永远的别离。

走了，

这已不是我们中间的唯一。

走了，

走着走着就真的走了……

走了，

真的就永远地走了。

我们并不惧怕人会走了，

因为终究还是要走的。

稳稳当当走好当下的每一步，

快快乐乐走好人生的这一局。

不在乎有多少人会为我的离去而哭泣，

只求我曾经陪伴过幸福的你。

2017.8.30　北京

以爱的名义

20211202，
一组奇妙的数字，
带给人们无限的联想，
这组数字的排列，
竟要经历千年的演化，
此生有幸见证此刻，
幸运是人们唯一的表达。
人生在此刻，
没有窃喜，
不用惊讶，
好好活着，
就是收获幸福，
享受生活，
便是成就伟大。
大爱无疆，

岂能将遗憾留下。

2021.12.2　上海

无　题

我总以为，

起得早就可以沐浴阳光；

我总以为，

努力就会看到希望；

我总以为，

锻炼就可以得到健康；

我总以为，

知足就可以抑制欲望。

而现实告诉我，

无知限制了自己的想象，

起得早未必会见到太阳，

因为有时太阳会被阴云所遮挡。

努力时想要方法正确，

关键是搞清楚它的方向。

锻炼对于健康确实重要，

但是基因决定了你生命的短长。

所谓的知足不应成为懈怠的理由，

没有比较怎会有成长。

今天的世界越来越复杂，

一时的成功并不代表整个生命的基调。

正如古有西楚霸王，

眼前也有见证历史的乌江。

2021.12.13　上海

盼 春

又是 年的时光，

日子总是过得如此匆忙，

刚刚闻过槐花的芳香，

方才告别了银杏树的金黄，

转眼我们迎来了冬日的冰霜。

这一年我有过面对变动时的恐慌，

也深切体会到经济下行的凄凉，

目睹了几位亲朋好友的突然离世，

我，总还算是幸运，

边挣扎边彷徨。

梦想植入休眠的功能，

睡到来年春回大地蝶舞花香。

再拼一次吧，朋友，

交上未完成的作业；

再搏一把吧，兄弟，

实现心中的梦想。

为自己画上一个圆满的句号，

是男人就不能活得窝囊。

2021.12.20　大连

留给明天

当青春留给了社会，

当容颜留给了岁月，

当健康留给了医院，

当关注留给了儿女，

当快乐留在了梦里，

当幸福留在了记忆，

我问自己：

还有些什么期许？

奋斗，显然已过了年纪；

追星，完全丧失了兴趣；

浪漫，偶尔只是说说而已；

旅行，也仅仅满足于曾经留下过足迹。

一切美好的建立，

只存在于恰当的年纪，

感悟似乎比结果的获取更有意义。

我今天才懂得，

没有什么更好的明天，

只有那回不去的过去。

昨天的狼狈不堪，

正是眼下快乐的话题，

并不如意的当下，

或将成为他日谈论起幸福时的回忆。

当冰雪留给了山川，

当春雨留给了大地，

当故事留给了后人，

当自己交给了上天……

2021.12.31　大连

品　酒

周末，

闲来无事，

索性下楼喝点酒。

一碟花生米，

一碟猪头肉，

凉面，

老酒。

自斟自饮，

无须交流，

肉一块，

酒一口，

半斤下肚，

魂已远游。

李白当年能邀明月对酌，

今夜我何不约清风品酒？

2022.7.22　大连

不败之花

2021 年 7 月的东京，

奥运会的体操赛场，

请记住一个普通的体操运动员，

丘索维金娜。

一个 46 岁的女人，

一个参加过 8 届奥运会的运动员，

一个连续征战赛场 33 年的斗士。

从巴塞罗那到东京，

先是为国而战，

后是为了挽救儿子的生命而坚持在赛场厮杀，

先后代表过两个国家，

报效祖国的同时不忘对于施以援手的报答。

谁说竞技场只属于年轻人，

谁说女孩的脊梁不如男娃。

丘索维金娜做到了，

她创造了奥运史上的一个奇迹，

很难说将来还会有人可以超越她。

她退役了，

虽然本届奥运她没有拿到奖牌，

但她编织了人类体育史的一个神话。

记住她，

一个奥运精神的传承人；

记住她，

一个永不言败的英雄妈妈；

记住她，

一朵永远怒放在体育赛场的鲜花。

2021.7.27　大连

致敬，女兵

我怀念过去，

我曾经当过兵。

我感激部队让我完成了从少女到战士的转型，

领章给我自信，

帽徽教我前行。

我忘不了当兵的曾经，

团结的集体，严肃的环境，

新兵连的紧张，

老班长的叮咛，

战友间的友谊，

保家卫国的使命。

我庆幸我曾当过兵，

军旅生活是我成长的教程，

明白了什么叫责任，

懂得了付出才会换来安宁，

养成了不怕吃苦的性格，

记住了自己的人生中没有不行。

我记录下我当兵的曾经，

当年的誓言铸就自己无悔的人生，

只要祖国有召唤，

我携儿孙再次出征，

保我家国繁荣，

促进世界和平。

2021.7.31　大连

劳动者最幸福

"锄禾日当午,汗滴禾下土",

是一幅幅劳动者劳动时的真实写照。

把"贫油"的帽子甩到太平洋去,

是劳动者喊出的最霸气的口号。

让"神舟"翱翔在浩瀚的太空,

是劳动者不断进取的骄傲。

在危难面前勇敢地选择逆行,

是劳动者勇于担当不辱使命的自豪。

哪一个劳动者的内心没有追求?

哪一个劳动者的眼中缺少目标?

用智慧赢得发展的机会,

用汗水换来家国的富饶。

今天的我们仍是一个劳动者,

尽管没有了朝九晚五的烦恼,

但是我们依旧在努力耕耘着，

收获着这来之不易的幸福和美妙。

如果说今天年轻人的劳动收获的是茁壮成长，

那么我们今天的劳动所得则是一切安好。

劳动者最幸福，

劳动者永远不老。

      2023.5.1　大连

致敬，青年节

与其说我喜欢过青年节，
不如说我喜欢青年时的我，
无所畏惧的性格，
如清晨的太阳朝气蓬勃。

与其说我羡慕过青年节，
不如说我羡慕那青春的颜色，
不断进取是神圣的使命，
前行中承担起一代人的职责。

与其说我怀念过青年节，
不如说我怀念自己曾经奋斗的每时每刻
有过不断跌倒再站起来的不屈不挠，
真正理解了什么是成长过程中的收获。

与其说我在意过青年节，

不如说我在意青年人在时代中所扮演的角色，

创造改变着社会的形态，

坚守维护着运行的规则。

致敬，青年节，

请接受一个老青年郑重的承诺，

我们失去的只是青春的年华，

我们保留的永远是追逐梦想的魂魄。

2023.5.4　大连

变　化

当人参卖出了萝卜价，

当土豆与鲍鱼配菜混搭，

我们不禁开始怀疑人生，

这变化怎不叫人惧怕。

人们不再迷信那些所谓的权威，

不再有"一句顶一万句"的圣人，

真理的面前谁也别说谁更伟大。

是信息的透明缩小了人与人之间的距离，

是科技的进步改变了人们认知上的偏差。

实力成为人们获得机会的条件，

贡献成为影响分配的重要筹码。

变化带来了发展的机会和出路，

同时也增添了各种挑战和重压。

没有什么你喜不喜欢，

没有容你选择的余地，

要么做好准备迎接变化，

要么在变化面前缴枪趴下。

只有适应时代变化的智者，

没有任何可以阻挡变化的大咖。

人只能在变化中求生，

在求生中逼自己强大。

2023.10.13　天津

尘 封

见与不见，
你还是你，
我还是我，
只是彼此添了岁月的沉淀。

见与不见，
你也不是曾经的你，
我也不是曾经的我，
我们彼此都有了改变。

见与不见，
你还是曾经的你，
我还是曾经的我，
记忆中的美好依然不减。

见与不见，

你终究是你，

我终究是我，

思念或许是最好的相见。

见与不见，

你也不再是你，

我也不再是我，

珍重是此生唯一的心愿。

2023.9.26　大连

当你开始做减法

当你开始删除许久不联系的电话号码，

当你开始婉拒各种不相干的酒局，

当你习惯于在群里默默无语，

当你开始清理长期闲置的衣服和家具，

标志着你的人生进入了清醒期，

减法成为当下生活运用的主要工具。

曾几何时多多益善是自信的源泉，

现如今够用就好是自由的秘籍。

其实，人生不过是一场游戏，

重要的是过程而非结局。

年轻时做加法是成长的需要，

晚年时做减法是超脱的必需。

但是如果没有年轻时量的积累，

也不会有晚年时精华的萃取。

放弃那些曾经所谓有价值的东西，

只为今天活得能够更加惬意。

如果说加法曾经使你更加自信，

那么减法会让如今的你更加具有魅力。

2023 11.1　大连

定 格

我曾经有过一个梦想，

锁住自己青春的模样，

留给未来，

述说那无所畏惧的轻狂。

我曾经有过一个幻想，

坐封自己所有的幸福，

当作积蓄，

成为自己力不从心时的补偿。

我曾经有一个奢望，

将所有的好友围拢在自己的身旁，

给他们爱和快乐，

将友谊定格为地久天长。

我现在只有一个愿望，

从明天起爱身边的每一个人，

从中汲取热爱生活的力量，

用心去定格那些可以留给未来的时光。

2023.7.29　大连

格　局

拿起来的，

无疑靠的是能力出色。

而能够放得下的，

需要的则是格局保驾。

放不下，

不是不能放下，

也不是不想放下，

而是不情愿放下。

放下，似乎就是认输，

放下，好像等于承认掉价。

然而，如果你放不下，

则意味着自己要始终端着，

拖累了自己贻笑大家。

其实，放下并不等于放弃，

而是一种积极的处事方法。

它既是对过往郑重地道别，

同时也是宣告向新的目标出发。

学会与过去告别，

就是给自己及时解压。

一代人有一代人的使命，

不可能有开不败的鲜花。

放下虽然在选择上接受平凡，

却在境界上真正体现出高大。

2023.9.3　大连

怀念江米条

我时常想起一种小食品——江米条，

它曾经是那个年代唯一可以让我开心一整天的

　　美味佳肴。

用自己不多的零花钱，

在放学的路上与要好的发小共同感受这份美妙。

当时的江米条被装在一个纸袋里，

两毛钱的江米条其实并没有多少。

一根根江米条当时真是手里的宝，

白砂糖裹挟着糯香味在口腔中不断萦绕，

那种美妙至今想起来都魂上云霄。

几十年后我特意去买了些记忆中的江米条，

但我发现它已经完全没有了当年的味道。

尽管它还是同样香甜，

但当年那种兴奋的感觉再也找不到。

其实，江米条还是江米条，

甜与香它一样也不少。

缺的应该是物资匮乏年代人们的那种渴望，

少的是少年时代面对物质满足时该有的心跳。

由此看来我怀念的并不是江米条，

而是我想将流逝岁月再一次拥抱。

如今社会的发展让我们有了太多的选择，

可是人生之旅它是一条单行道。

过去的就永远地过去了，

怀念不过是曾经的岁月在脑海里的再次扫描。

怀念江米条，

怀念那些曾经朝夕相处的发小……

2023.11.16　大连

烙　印

别回头看，

谁都不是当年的样子。

天底下最公平的，

莫过于分配给每个人的时间。

度过一个春夏秋冬，

岁月自动给你记录一年。

不管你多么伟大，

也不管你是否家财万贯。

你可以追求轰轰烈烈，

你可以安于平平淡淡。

精彩在于你生存得有质量，

完美是因你没有留下任何遗憾。

人活一生留下的只是一个时间的烙印，

那不过是人类生命长河的一个瞬间。

2023.9.13　塔什库尔干

留　下

这是前不久，一位即将离世的妻子在人生的至暗时刻，留给自己丈夫最后的一段信息。

亲爱的，

我走了。

属于我的，

我全都带走。

你的，

我会完完整整地留下。

我带走了你给我的爱，

将我对你和女儿的深情留下。

我带走了我们共同生活中曾经的那些美，

将未来所有的好留下。

我带走了我们一生中所有可能遭遇的悲和痛，

将人生可能拥抱的各种幸福和快乐留下。

我带走了亲人们所有的祝愿，

将我真心的厚望留下。

我带走了人生的美妙，

将生命应有的尊严留下。

我带走了秋天这不舍的风，

把那滋润大地的春雨全部留下……

2023.8.12　大连

人生哪有什么彩排

本以为这是一场彩排，

没等穿戴完毕人已被推上了舞台。

灯光下的一招一式，

观众目光下的每一句唱白。

掌声对应的是扎实的功底，

闪失招致的是毫不客气的倒彩。

人生哪有什么彩排？

刚刚起跑便是一场不能输的比赛。

请记住，规则只有一条：

强者生存，弱者走开。

多少次跌倒，

多少回踉踉跄跄地重新站起来，

不是靠眼泪换来了左右的同情，

不是忙着擦拭掉身上的血迹和尘埃，

而是想着跌倒的原因是什么，

怎样我才能够从头再来。

我现在终于明白了，

其实，光鲜亮丽的背后，

哪个人不是内心装满了难以启齿的无奈。

成功者与失败者之间的差距，

不就是失败者找的往往是借口，

而成功者找的是再次奋起的力量所在。

如今的社会只给成功者留条坦途，

却把失败者无情地送上了断头台。

在人生的舞台上我们别无选择，

要么出局，

要么出彩。

2023.11.18　大连

柿子红了

经历了春雨的滋养，

沐浴了夏日的阳光，

接受过晚秋的霜打，

柿子红得像个出嫁的新娘。

树上的叶子几乎掉光，

寒风中的柿子闪耀出它鲜有的金黄，

性急的孩子眼巴巴地等着尝鲜，

嘴里的涎水早已止不住地流淌。

老人告诉孩子，吃柿子一定要等到霜降，

正如人的一生没有锤炼就不会有成长。

柿子由黄变红靠的是霜打的助力，

一个人由弱变强是摔打后形成的力量。

种柿子不仅是为了收获甜蜜，

很大程度上是讨个"柿柿如意"的吉祥。

人生的意义也不是图个寿比南山的不老松，

而是真正活出一个令人信服的模样。

2023.11.3　大连

我有一个遗憾

今生我有一个遗憾，
没有当过兵。
没有体验过军旅生活，
感受不到什么叫战友情。

今生我有一个遗憾，
没有住过军营。
没有被军号声所唤醒，
对紧急集合的理解也仅仅限于电影。

今生我有一个遗憾，
没有机会履行保家卫国的使命。
枉有一腔的热血，
无法证明作为男人的我也行。

今生我有一个遗憾，

没有留下军人的英名。

假如哪天祖国仍有召唤，

老翁定让来犯者知道谁的骨头更硬。

2023.8.1　大连

选　择

你既然选择了海的宽广，
你就别再留恋山的巍峨。
你既然喜欢水乡的秀丽，
你就别羡慕草原的辽阔。
你追求都市的繁华，
你就别抱怨乡村的寂寞。
你喜欢被人拥戴的自豪，
你就别误入僧侣的生活。
无所谓对错，
只是一种取舍。
或许选择轰轰烈烈地生长，
或许选择安安静静地来过。
都是用脚在丈量世界，
都是用心去感知起落。
既然有人以利己为荣，

必然有人以利他为乐。

让志同者奋进，

让道合者收获。

在境界，

在选择。

2024.2.8　大连

一切都将过去

我们所认识的世界，

有别于今天现实的世界。

我们的认知，

站在当下看又是何等有限。

我们曾引以为傲的经验，

如今看来许多都成了无稽之谈。

我们曾尽其所能追求的东西，

如今或许一个普通人就可以轻松地实现。

无论我们现在是多么不情愿地承认，

然而，残酷的现实就摆在你的面前。

一切都将过去，

今天的世界或许已与你无关。

没有了施展的舞台，

站不到发声的前沿。

不能成为潮流的主宰，

却在不自觉中接受着现实的改变。

这是不可抗力的法则，

这是社会进化中的必然。

在路上你必须努力奔跑，

到终点你只需静观其变，

如果说接受现实是人类的一种自觉的话，

那么顺应时代将作为社会进步的另一种挑选。

2024.1.27

一切或许都是最好的安排

人活着,
总会遇到形形色色的人;
人生活,
总会碰上千奇百怪的事。
悲欢离合是常情,
喜怒哀乐为常态。
人总会生病,
人终将变老,
一生所遇,
或许都是最好的安排。
跌倒了,
爬起来后你会更加谨慎;
患病了,
痊愈后你会在意对于自己身体的善待;
投资失败了,

今后你会格外关注各类风险造成的损害；

挚亲离世了，

让你倍加珍惜自己身边人的存在。

顺风顺水时，

你会感恩上苍的眷顾；

艰难困苦时，

让你学会如何坚持和忍耐。

或许没有什么可定义最好，

也没有什么可归于最坏。

所遇皆所需，

所需皆所在。

春有百花开，

冬有雪皑皑，

秋有明月夜，

夏有烈日晒。

人若在，

心就在，

日子就在，

一切或许都是最好的安排。

2024.1.26　大连

这就是生活

你说酒辣，

为什么还要喝？

我说，这就是生活，

要想快乐必先受折磨。

你说酒苦，

为什么还要喝？

我说，这就是生活，

没有坎坷哪来的收获？

你说酒涩，

为什么还要喝？

我说，这就是生活，

谁的成长不经历波折？

你说酒甜，

为何不能多喝？

我说，这就是生活，

酒这东西有则乐多则祸。

喝酒是一种情怀，

苦乐自知多少自酌。

失意时酒是杯中魔，

得意时酒是心中歌。

2023.6.16　大连

重阳节说

什么叫作光阴似箭，

昨天还在过青年节的那个小伙子，

如今重阳节却成了他唯一的盛宴。

什么叫作短暂，

当为人做事的感觉刚刚找到之时，

你却发现自己已经接近了事业的终点线。

什么叫人间冷暖，

原先看到的是一张张讨喜的笑脸，

如今连个背影你都难得一见。

什么叫作生活，

可以背负重担奔跑却根本顾不上擦汗，

可以咽得下任何苦涩却从来不抱怨。

什么叫作人生，

平庸者说这个世界我来过，

而奋斗者说我曾经努力过此生没有遗憾。

什么叫作幸福，

是用自己的智慧和汗水得到过认可和尊重，

是通过自己的努力可以让自己的余生踏实和平安。

2023.10.23　大连

第八章

山水情怀

春

和煦的春风，

轻抚你的脸庞，

温暖的阳光，

直射在你的背上，

脚下每一步，

能够感知青草破土的力量。

放眼一望，

一副大地醒来的模样。

我来了，

一个冬季的等待。

又见面了，

无数新生命的绽放。

重新迈开脚步，

从山水间走过，

怀里揣着梦想，

播下新的希望，

再一次将快乐追逐，

把幸福仔细丈量。

2018.3.10　北京

春天，我的恋人

你，对我来说，

就是一个天仙；

你，对我来说，

意味着美好。

清新是你身上散发出的特有味道，

明媚是你脸上绽放出的微笑，

温暖是你身上释放出的魅力，

芬芳是你内心深处流露出的高傲。

远远地看着你，

折服于你翠绿色的俊俏；

静静地望着你，

醉心于你花瓣衬托下的容貌。

遇见了你，

禁不住一见钟情般的心跳，

与你相遇，

置身于爱不释手的美妙。

春天，我的恋人，

一旦见过不再忘掉。

每次相遇似乎都是擦肩而过，

总是感叹时间太少，太少，

每次对话都有满腹的话语，

恰如三月的春水与大地的缠绕。

我欣赏你的妖娆，

感谢你带来时节的预告，

播下希望的种子，

搭建通往收获的路桥。

这就是你的力量，

这就是你的祈祷。

春天，我的恋人，

我渴望与你相见时深情地拥抱；

春天，我的挚爱，

我要向你诉说相思的煎熬。

能否从此不再分离？

哪怕伴你天涯海角……

2018.3.28　北京

江 南 情

我喜欢江南水乡，

梦想在那里有个属于自己的地方，

不需要奢华，

也不必高档，

白天见得到阳光，

晚上望得了月亮。

房子不用多大，

只要容得下一把竹椅一张床，

白天清茶伴着书香，

夜里月光陪我入梦乡。

弄堂里不时传来清晰的猫叫，

微风送来沁人心脾的芳香。

这是曾经的梦想，

修身养性的天堂。

生活本应该简单方便，

舒服才是生活的基本主张。

终其一生的追求，

不过是忙碌后的生活能归于平常。

绿藤攀爬的石墙，

河水流淌的拱桥旁，

几个小贩沿街的叫卖声，

几个老棋迷的吵吵嚷嚷。

这是一个童话般的世界，

这里是一个充满生机的江南水乡。

我真想在江南有处自己的地方，

屋子的南面有扇朝街的窗，

一览无余的古镇，

告诉我它曾经的辉煌与沧桑。

撑一把油纸雨伞，

踏着小雨将小镇细细地体味和打量……

2018.3.31　北京

我与春天有个约定

我与春天有个约定，

不管我有多忙，

一定如约前往。

带上快乐，

拥抱春日阳光。

我与春天有个约定，

踏青赏花，

沐浴春的芬芳，

怀揣寄托，

播下新的希望。

我与春天有个约定，

备好行装，

不怕山高路长，

迈开双脚，

积蓄成长的力量。

我与春天有个约定，

领略山河之美，

读懂民族的沧桑，

奋发向上，

努力成为国之栋梁。

2018.4.1　北京

又见牡丹花开

四月踏青到洛阳，
牡丹红白紫蓝黄，
春光依恋伊河水，
追花采艳游人忙。
水清柳绿鸟鸣啼，
风吹百花满城香，
当年观花正学郎，
如今游园手执杖。
花开花谢岁岁有，
你来我往能几趟？
心有洛阳春常在，
花开花落又何妨。

2018.4.8 郑州

北京的春雨

也许这是冬对春的歉意，

也许这是夏对春的期许，

今天的雨绵绵下了一天一宿。

颐和园的松柏开心地笑了，

谢谢你，久违的雨。

八达岭的桃花乐了，

等着我，用丰硕的果实回馈你。

奥体公园的樱花美美地沐浴，

舞动的花瓣奏响春的序曲。

地铁里的人们头发上还沾着雨滴，

但每个人的脸上都挂着美意。

这是贵如油的雨啊，

将北京浓浓的春意传递。

这是四月的雨啊，

洗去北京初春的沙尘和飞絮。

这是北京的春雨啊，

让人感受到江南三月的气息。

一场春雨带给人们对生活的热爱，

不同的春天将北京装扮得如此绚丽。

播下希望的种子，

迈开勤奋的脚步，

走出家门感受春的魅力，

走出城市触碰山水间的片片新绿。

谢谢，北京的春天，

谢谢，北京的春雨。

2018.4.13　北京

秋　分

春分秋分春秋分，
昼短夜长昼夜长，
四季轮回有规则，
人生甘苦皆文章。

2020.9.21　大连

大美啊，秋天

春天是美的，

可惜它美得不够扎实，

美得不够饱满。

夏天也是美的，

只是它的美有些热烈，

色彩有些平淡。

冬天有它自己的美，

由于它美得不够厚重，

寒冷与美的距离还是显得较远。

秋天的美是不容争辩的，

它美得有层次，

它美得丰富，

美得壮观。

秋天的美可以体现在你所见到的山川，

漫山红叶层林尽染。

秋天的美深深地镌刻在广袤的土地上，

一片片金黄，

一张张笑脸。

秋天的美挂在每一片枫叶上，

每一片叶子都可以诉说秋天。

秋天的美映照在劳动者的脸上，

记录下一个个硕果累累的丰收年。

秋天的美镌刻在每个人的心里，

奋斗的脚步追逐着希望的明天。

大美不过一个秋天，

呈现出千变万化的世界，

揭示出人世间真情和冷暖。

赞美你啊，秋天，

你是我们不舍的昨天，

愿你带去的不仅仅是曾经的岁月，

还有我们对于未来的期盼。

2018.9.30　大连

初　雪

风萧萧大雪初雪，
空荡荡小巷大街，
人匆匆归家心切，
屋暖暖酒香浓烈。
顽童玩雪不惧冷，
老妪出门心胆怯，
天赐瑞雪兆丰年，
雪浓酒香灯彻夜。

2018.12.7　大连

多情的雪花

雨有雨的姿态，

雪有雪的妩媚。

在冬天看下雪，

那是在欣赏一种美。

雪花轻盈飘逸，

身姿雍容华贵。

雪片洁白得像片片鹅毛，

自由自在地飞。

它们相互碰撞着，

如同热恋中的一对情侣，

四目相对深情依偎。

雪花将树干披上了银色，

在阴沉的天空中映着余晖。

明明是冬日里的雪，

转眼间落地却化成了水，

如同一场短暂的恋爱，

只记住了彼此的背影和告慰。

无情的冬季啊，

你这多情的雪，

你究竟是为谁在飞？

是为冬日添些色彩，

还是为春天在做准备？

人们记住了你的样子，

也记住了你曾经带来的那份美。

2020.1.13　大连

霜　降

霜降霜降，

保暖御寒凉，

雨谢幕，

雪登场，

又别一年好时光。

客房客访，

煮茶话家常，

人求安，

国图强，

康健合顺福无疆。

2020.10.23　大连

三 月 雪

三月滨城飞雪浓，
犹如梨花挂翠松，
好雪知春降今日，
昭告牛年好收成。

2021.3.1　大连

又闻槐花香

大连的五月，

是一年中最好的季节，

满目的青山绿水，

处处的鸟语花香。

雨后空气中弥漫着甜滋滋的味道，

那是由这个城市的市花散发出的芳香，

让这个城市多了些妩媚，多了些时尚。

不说槐花含苞待放时的羞涩，

不说槐花盛开时的端庄，

单就那种沁人心脾的甜美啊，

一经闻过终生难忘。

槐花虽然没有牡丹的富贵，

但拥有超越牡丹的芬芳，

槐花虽然没有玫瑰的娇艳，

但它美得真实不张扬。

喜欢槐花，

是因为槐花给大连的五月带来了生机，

喜欢槐花，

是槐花彰显出这个城市的热情与直爽。

槐花虽算不上名花，

但并不影响槐花具有与众不同的花香。

记住了槐花的味道，

就记住了这个城市的特点，

喜欢上槐花的味道，

就喜欢上这个城市的低调与时尚。

五月的槐花点缀了这座美丽的海滨城市，

五月的槐花让大连的街巷洋溢着花香。

一年见一回槐花开，

一年闻一次槐花香，

为生活在这样的一个城市而骄傲，

为作为一个大连人而荣光。

2021.5.24　大连

樱桃熟了

樱桃熟了,

这是六月里的奉献,

一簇簇红得娇美,

一串串黄得灿烂,

鸟儿都高兴地上下跳躅,

遇见了美好哪个不垂涎?

樱桃熟了,

果农们笑眯了双眼,

秋冬的积累,

春日的浇灌,

是汗水孕育了她的鲜美,

是付出酿造了她的香甜。

樱桃熟了,

这是一个城市的浪漫,

一篮子一篮子的礼物,

一箱箱发往各地的快件，

送出这个城市的骄傲，

表达着大连人的惦念。

樱桃熟了，

一种水果成为一个城市的名片，

品尝樱桃特有的香气，

感受夏日里不同的果鲜，

记住了樱桃，就记住了夏天，

记住了樱桃，就记住了大连。

2011.6.25　大连

大　暑

大暑大暑，一年一度，

南北同热，纳凉避暑。

蝉鸣声声，如泣如诉，

骄阳煎煮，虐尽万物。

冷热交替，自然之属，

互有短长，利弊共处。

排出湿寒，藏暖三伏，

何惧冬日，风雪无阻。

2021.7.22　大连

一生能见几场秋

天见高，

风渐爽，

夏将卸装，

秋已登场。

天下之事，

莫过一场春绿秋黄，

一生能见几场秋，

几度欢喜几度悲凉。

养育了儿女，

送走了爹娘，

尝过人间美好，

迎来人生的秋光。

何惧秋日短长？

越冬早已备足口粮。

2021.8.9　大连

当桂花飘香的时候

又到了桂花飘香的季节，

我又来到了上海。

当我从外滩的一排排洋楼前走过，

当我穿行在浦西绿树成荫的街道，

我被一阵桂花的清香所袭扰，

这如蜜般的味道，

让我的心彻底地醉了。

不同的花香有着不同的味道，

不同的植物留下不同的美好。

桂花之所以受人宠爱，

除了它的味道特别，

还因它的叶子四季常青，终年不掉，

它易于种植养护，

公园社区到处都可以见到。

进入十月中下旬，

便是桂花飘香的时候，

前前后后一月有余，

上海的大街小巷，

弥漫着桂花香而不腻的味道，

恰恰符合上海这座城市的格调。

近看桂花的花瓣如同一颗颗黄米粒，

布满了树冠的每个枝条，

花瓣星星点点，

安静得宛如恋爱中的少女。

一个时尚的都市花香让人流连忘返，

一个城市被一种味道所拥抱。

喜欢一个城市或许有千万个理由，

但我喜欢上海只因这一条，

那就是桂花开花时城市的味道，

其貌不扬的桂花树，

不管人们是否喜欢，

它都低头含笑，

让人熟悉它的味道，

而忘记它的相貌。

2021.11.3　上海

立 冬

立冬，立冬，

北风潜入静无声，

瓦披雪，

窗挂凌，

炊烟袅袅半空中。

珍重，珍重，

寒暑更替即人生，

天有道，

人有命，

冷暖自知人从容。

2021.11.7　上海

除夕的雪

这是冬日里最后一次怒放，
还是冬天献给春天的一支序曲？
这场雪竟下得如此绚丽，
痛痛快快无所顾忌，
漫天飞舞铺天盖地，
用一场酣畅淋漓的大雪洗去几年来的阴霾，
用一场彻彻底底的大雪为春天做一回充沛的润育，
这是千家万户的期待，
这是上天的赐予。
我给老天拜年了，
接受你新年的第一份大礼。
我会在春天里等你，
漫山都是片片新绿，
我会在秋天里等你，
谷仓里满满的都是金色的稻米。

2022.1.31　大连

三月（一）

天暖，

风甜，

日耀眼。

山远，

鸟欢，

树绿尖。

人勤，

春早，

三月天。

2022.3.2　大连

槐花与大连

不留下几行字，

似乎对不起五月的槐花，

不认真地赞美她几句，

似乎是辜负了槐花的芬芳。

地道的大连人，

哪一个没有槐花的情结？

热爱生活的人，

哪一个不珍惜这一季的时光？

晨练的老老少少喜欢置身槐花树下，

让花香伴着汗水流淌。

五月的大连是槐花表演的主场，

初夏的大连可谓是人间的天堂，

漫山遍野的槐花，

被花香浸透的城市，

喜欢大连可以从喜欢槐花开始，

记住了槐花的芳香便记住了大连的时尚。

谢谢你，五月的槐花，

你让大连人生活中多了一份念想……

2022.5.22　大连

谢谢你，秋天

你把天涂抹得那么蓝，

是为了送那南飞的雁。

你把云画得那么美，

是为了证明这一季别样的艳。

连风都不甘寂寞，

把那漫山的红叶染得如此绚烂。

菊花终于等来了属于自己的季节，

它用清香送来了季节那深深的惦念，

铺满了金黄色银杏叶的寺院，

晨钟声声向每位香客问候早安。

这令人思念的季节，

只属于秋天。

这令人感动的季节，

非秋天哪个敢于妄言。

幸福往往与不舍相伴，

爱慕始终与依恋纠缠，

这满眼的美好，

来不及细细品味，

秋已成为了昨天。

我欠你一句谢谢，

只为这美丽的世界，

一个难忘的秋天。

我们相约来年吧，

我一定还会在这里等候，

不见不散。

2022.11.1　大连

爱在深秋

不知道为什么我把爱留在了深秋，
是因为那蓝蓝的天，
还是那清澈的泉。
是那漫山的红叶迷住了我的双眼，
夕阳的那抹余晖照进了我的心田。

不知道为什么我把爱留在了深秋，
是因为那满园菊花的黄，
还是那一塘荷花的艳，
是那一片片芦花让我伤感，
留不住啊，南飞的雁。

不知道为什么我把爱留在了深秋，
是因为那淅沥沥的秋雨，
还是那把老旧的油纸伞，

曾经共撑一把伞的你我，

如今只留下彼此的惦念。

不知道为什么我把爱留在了深秋，

是因为我们的相识是在那个难忘的秋天，

还是那天的故事没有讲完。

不再想知道那个故事的结尾，

而是内心深处期待着彼此的相见。

2022.9.26　大连

又见秋分

昼夜对半分，

风染山川深，

满园菊花黄，

雁已朝南奔。

转眼又秋分，

吾为幸运人？

明是非，懂感恩，

不悲不喜，

直面人间爱与恨。

善待一季秋，

静候一季春，

不抱怨，不沉沦，

做个平常人，

求得健康身。

2022.9.24　大连

下 雪 了

啊，下雪了，

这是大连今年冬天的第一场雪，

竟下得如此美丽，

这是冬天的宣言，

虽缺少雨天的浪漫，

却尽显冬日的神秘。

啊，下雪了，

雪片在空中自由地飞舞，

白色成为天地的唯一，

这是冬天的告白，

寒风中彰显季节的性格，

银色成为北方冬季的主题。

啊，下雪了，

这是一场驱散人们心头阴霾的飞絮，

人们不惧怕寒风凛冽，

人们不担忧冰天雪地，

只愿能够自由地行走，

呼吸那清新自然的空气。

　　　　　　2022.11.30　大连

下雨的时候

下雨的时候，

我会有一种莫名的喜悦，

静坐在客厅的窗前，

望着外面滴答的雨水，

似乎是在倾听音乐。

下雨的时候，

我喜欢点亮客厅里的吊灯，

放一支低缓的曲子，

音乐伴随着雨滴声，

让室内外构成一种和谐。

下雨的时候，

我也常常想起自己的小时候，

那时每当下雨的时候我也会很兴奋，

那时的自己很幼稚，

雨大可以借口不去上学。

下雨的时候，

我会情不自禁地联想到自己的将来，

不是为渐渐的老去而胆怯，

也不是为眼前拥有的一切而苟且，

而是思考如何面对余生中的阴晴圆缺。

2022.10.2　大连

秋　雨

天渐暗，

云层低，

大风骤起，

一场秋雨洗。

雷轰鸣，

雨泻急，

陡增凉意，

备足御寒衣。

门窗闭，

炊烟起，

煲汤淘米，

煮酒话秋雨。

一季离，

一季续，

春绿秋黄，

恰是雁南去。

2022.8.27　大连

春立心间

立不立春，

与天气的冷热无关。

年过没过完，

与假期的长短无关。

虽然当下气温还在零下，

但心里的阳光早已灿烂。

怀揣着梦想的人已经在路上，

寻求改变的人怎敢懒散。

能够感受到的春天，

永远是来自内心的期盼。

真正等待的春天，

从来都是能够给人带来美好希望的那份温暖。

将自己的内心打理好，

让春立在我们的心间。

2023.2.4　大连

正月飘雪

初三忽飘雪，

风助天凛冽。

正赶回娘家，

路滑人胆怯。

抱上胖娃娃，

其余皆省略。

祈福谢养恩，

阖家添愉悦。

我辈当努力，

散枝开新叶。

2023.1.24　大连

暮　色

有人喜欢观日出，

一轮红日冉冉升起。

有人喜欢听雨，

雨水把人的内心洗涤。

有人热衷于阳光浴，

打造一个古铜色的人体。

也有人沉醉于晚霞，

浪漫的故事从此刻说起。

已经步入暮年的人们，

经历了几十年的风风雨雨，

看惯了一个个春来冬去，

记忆中的美好和遗憾，

书写着生命历程中的自信和努力。

晚霞的壮美，

是岁月沉淀后呈现出的一种静谧，

暮色的另一层深意，

是大自然向奋斗者表达的一种敬意。

经过了，才懂得去品味；

走过了，才会倍加珍惜。

在暮色中找到自己应有的那份自信，

在暮色中把每一步走得更加坚定不移。

2023.2.12　博鳌

三月（二）

虽然早晚还有些寒意，

但你会感受到春的气息，

一踏入三月，

心情立马换了一个天地。

盼着那山青，

盼着那水绿，

盼着那梨花似雪。

盼着那贵如油的一场春雨。

三月是梦想的时刻，

播种希望用勤劳的双手收获应有的富裕；

三月是出发的日子，

背好行囊用努力的脚步丈量日子的甜蜜；

三月是创造的季节，

捕捉机会用人们的智慧创造伟大的奇迹；

三月是拥有幸福的开始，

放飞自我用快乐将未来重新设计。

三月不再是岁月的符号，

而是人们对于美好的记忆，

三月不仅是具体的时间概念，

还是人们可以怀揣的对于未来的一种期许。

2023.3.1　大连

清　明

天堂究竟在哪里？

思念或许能够作为路标。

亲人们是否安好？

梦里或许才会知道。

清明节的意义何在？

是墓碑前滴落的泪水，

还是内心的默默祈祷？

是面对先人时的羞愧？

还是一个成功者的炫耀？

我想，

清明节一要"清"，

清楚人的一生什么最重要，

清楚这亲情为何魂牵梦绕。

清明节二要"明"，

明白什么是一代人的价值，

明白什么是我辈的引以为傲。

清明节是否有雨，我难以预料，

但我还是希望天气尽量低调，

留给先人一份宁静，

留给后人多些思考。

2023.3.27　大连

秋天的记忆

这秋天的时光实在是太短，

短得让人来不及细品它的灿烂，

今年的初冬的确也太暖，

暖得使人忘记了即将要面对冬日里的严寒。

当树叶飘满了一地，

当微笑和着秋风成为一种思念，

人们不舍地向秋天说了声再见。

在画家的眼里，

秋天是大自然在画布上的另一种呈现，

如同在诗人的世界里，

刻在心里的只有那沧桑和浪漫。

人们喜爱秋色，

情感始终走不出那个秋天，

只缘这岁月一去就再没回返。

一季的繁华落尽，

如同一场演出曲终人散。

在这秋冬的盛衰变化中，

人们想起了人生中的悲凉与艰难。

别了，秋天，

再见将又是一年。

2022.11.20　大连

自　由

我欣赏鸟儿，

羡慕它的自由，

愿意在哪儿停留，

就在哪里停留。

我欣赏风儿，

妒忌它的自由，

可大可小，

想刮多久就刮多久。

我也欣赏松树，

可以向左，可以向右，

左是庄严，右是长寿。

我也向往自由，

内心世界无欲无求，

看得惯红肥也容得下绿瘦。

2022.11.11　大连

银 杏 树

人们或许忘了它在春天的样子，

人们可能没注意它在夏季也会遮阳防晒，

但是人们不会忘记它给深秋带来的那份精彩。

一根根挺拔的树干，

一片片含情的扇叶，

一眼望去满是金子般的颜色，

那是它对这个季节的一种深爱。

多少情侣在这铺满落叶的街巷漫步，

多少美好的故事让人难以忘怀，

连婴儿车里的小囡都开心地张开小手，

似乎是在拥抱这个既陌生又亲切的时代。

一对老人相互搀扶着走在满是银杏叶的路上，

告诉岁月他们兑现了各自当初的表白。

用银杏叶记录人们对于一个季节的思念，

用一种颜色描绘这岁月的可爱。

那种落而不败的神态，

那种谢而不衰的气概，

将大自然的魅力做了一个精致的诠释和交代。

喜欢银杏树，

是因为它呈现出这个季节特有的状态；

喜欢银杏树，

是因为它给秋天增添了那梦幻般的色彩。

一个古老的树种，

始终保留着它那别样的情怀。

2022.11.6　大连

清明节的雨

清明节的雨，

你是上天带给人间的一种情绪。

清明节的雨，

你是先人们魂魄的深情寄语。

清明节的雨，

你是爹娘牵挂晚辈的窃窃私语。

清明节的雨，

你是儿女思念时滚落的泪滴。

清明节的雨，

你是我辈对先烈们无限的敬意。

清明节的雨，

你是现实与历史沟通的信使。

清明节的雨，

你是对奋斗者出征的反复提示。

清明节的雨，

你是对美好生活的又一次孕育。

2023.4.5清明　大连

白 玉 兰

玉兰算不上花中之王，

却开在百花尚未怒放之时，

巧领春色之先，

送来春天第一缕芳香。

玉兰花开得有个性，

它完全不用绿叶的衬托，

却能以一己之力让人过目不忘。

一朵朵玉兰花，

错落有致地分布在枝条上，

尽显四月好春光。

有的花含苞待放，

宛如恋爱中的姑娘，

有的却露出了花蕊，

送来一阵阵沁人心脾的清香。

我最喜欢的还是白色的玉兰，

它没有炫耀，

它没有张扬，

简单的姿态，

淡淡的清香，

那是春天该有的样子，

那是玉兰该有的印象。

2023.4.10　大连

谷 雨

春光美，

美到山翠梨花飞。

春宵短，

短到谷雨春近尾。

人生贵，

贵在众生皆一回。

人生短，

短到转瞬鬓已灰。

春色尚有再来时，

谁见故人一人归？

2023.4.20 大连

再见了，春天

我曾牵过你的手，

微风传递着你的温柔，

我曾吻过你的面颊，

芳香映衬着你的俊秀。

你曾在我耳边窃窃私语，

宛如流进我内心的一股暖流，

你曾轻轻地抚摸我的额头，

我是如此振奋精神抖擞。

遗憾啊，

每次相见都是那么短暂，

一场热恋刚刚开启，

却要接受彼此分手。

再见了，春天，

我曾经的拥有。

再见了，恋人，

多想把你挽留。

明年这个季节，

还是这个时候，

我仍在这里等你，

愿你的神采依旧。

2023.5.6立夏　大连

又到了槐花飘香的季节

一整夜的小雨，

让城市来了一场酣畅的沐浴。

清晨的微风，

送来一阵阵的甜蜜。

人们举目望去，

一簇簇的槐花含笑不语，

一排排的花海泛着涟漪。

啊，是你来了，

花瓣洁白如玉，

花香沁人心脾，

偌大的城市到处被成片的槐花所包围，

整个城市顿时芳香四溢。

看过樱花盛开时的浪漫，

目睹了玉兰花含苞欲放时的含蓄，

欣赏过梨花带雨般的娇羞，

这些都远不如置身于槐花拥抱时的惬意。

春有春的温馨，

夏有夏的靓丽，

五月因槐花的盛开而更具韵味，

五月的大连因槐花蜜一般的香甜而更具魅力。

陶醉其中的人们，

不仅仅因为香浓郁而窃喜，

更是因为槐花将他们对于美好生活的向往，

做了回精准的传递。

2023.5.25　大连

记　忆

每一片树叶都会有记忆，
记录下阳光的滋养，
留存住雨雾的给予，
生长中的每一片新绿，
都是对大自然深深的感激。

每一朵云彩都会有记忆，
欣赏过朝阳的灿烂，
领略过晚霞的绚丽，
为明月伴舞，
替狂风奏曲。

每一朵浪花都会有记忆，
成全过海鸥的自由，
陪伴过戏浪的旗鱼，
听过渔家姑娘的小曲，

感受那份生活的甜蜜。

每一个脚印都会有记忆，
经历过变化的时代，
征服过旅途的崎岖，
跌倒后的一次次重新站立，
一回回变革中焕发出勃勃生机。

每一次奔跑都会有记忆，
或是做出过一些成绩，
或是有教训值得汲取，
历史记住了曾经的态度，
内心留下了难忘的记忆。

记忆是一幅画，
记忆是一支笔。
绘出曾经的岁月，
写出平凡的自己，
记忆中的故事或许还在继续……

2024.6.24　大连

我家就在大海边

我家就在大海边，
海浪与我天天做伴。
睁开眼便是海天一色，
夜里常常被涛声将睡梦打断。

我家就在大海边，
空气中带着一点微咸。
有人说这就是大海的味道，
三分浪漫七分新鲜。

我家就在大海边，
沙滩留下我深深的眷恋。
都市的繁华热闹的商圈，
怎比得上夕阳余晖下的沙滩。

我家就在大海边，
适应了大海的多变。
欣赏它平静宛如镜面，
被它巨浪拍岸所震撼。

我家就在大海边，
踏浪的我如骄傲的海燕。
时而潜入梦幻的海底世界，
时而跃出波澜壮阔的海面。

我家就在大海边，
大海教会我宽容与恭谦。
成海先要纳百川，
做人先要敬前贤。

2024.5.31　天津